CW01431089

Die Bayerntal Saga

Band 4: Der Kampf um Terra

Michael Reisinger

Cover: Perry Payne
Porträtfotos: Katharina Kraus
www.seelenportraits.com
Lektorat/Korrektorat: Petra Liermann

Verantwortlich für den Inhalt des Textes
ist der Autor Michael Reisinger

Verlag: BoD • Books on Demand GmbH, In de Tarpen 42,
22848 Norderstedt
Druck: Libri Plureos GmbH, Friedensallee 273, 22763 Hamburg

ISBN: 978-3-7597-8601-2

© 2024 Michael Reisinger

Die Deutsche Nationalbibliothek verzeichnet diese Publikation in der Deutschen National-
bibliografie; detaillierte bibliografische Daten sind im Internet über http://dnb.dnb.de ab-
rufbar.

Das Werk ist einschließlich aller seiner Teile urheberrechtlich geschützt. Jede Verwertung
und Vervielfältigung des Werkes ist ohne Zustimmung des Autors unzulässig und strafbar.
Alle Rechte, auch die des auszugsweisen Nachdrucks und der Übersetzung, sind vorbehal-
ten. Ohne ausdrückliche schriftliche Erlaubnis des Autors darf das Werk, auch nicht Teile
daraus, weder reproduziert, übertragen noch kopiert werden, wie zum Beispiel manuell
oder mithilfe elektronischer und mechanischer Systeme inklusive Fotokopieren, Bandauf-
zeichnung und Datenspeicherung. Zuwiderhandlung verpflichtet zu Schadenersatz. Alle
Inhalte wurden mit großer Sorgfalt ausgearbeitet und stellen die Recherche des aktuellen
Stands der Wissenschaft dar. Sie dienen ausschließlich der neutralen Information und allge-
meinen Weiterbildung.

Inhaltsverzeichnis

WIDMUNG

Dieses Buch widme ich allen Fans der ersten drei Bände der Bayerntal Saga und wünsche genauso viel Spaß beim Lesen wie bislang bei der Bayerntal Saga und meinen anderen Büchern.

Prolog

Nachdem die Freedom mit ihren vier Völkern an Bord nach ihrer langen etwa dreijährigen Reise mit vielen Abenteuern endlich ihr Ziel, den neuen Heimatplaneten Terra, erreicht hatten, begann die Gemeinschaft als erstes, den Planeten zu scannen, um möglichst alles über ihre neue Heimat herauszufinden.

Die Landmasse des Planeten war ähnlich einer Blume mit vier Blütenblätter aufgeteilt. An den Rändern wurden die einzelnen Blütenblätter von Gebirgen begrenzt. Aber es gab auch Durchgänge zu den dahinterliegenden Meeren mit teilweise traumhaften Stränden. Meeresbewohner gab es reichlich, allerdings wusste man hier noch nicht allzu viel über diese.

In einem erweiterten Kriegsrat einigte man sich schnell über die Zuordnung der einzelnen Blütenblätter zu den Völkern. Die Menschen erhielten das eine Blütenblatt, welches etwas größer war als die anderen drei, die alle ähnliche Größen hatten. Die Eulas beanspruchten das Blütenblatt, welches viel Gebirge, aber auch sehr viel Wald aufwies - ihrer Natur entsprechend. Die Canäer und die Syras nahmen jeweils ein anderes Blütenblatt und diese Aufteilung war eher zufällig.

Zusätzlich vereinbarte man, dass es ein Zentrum geben sollte mit einem Supercomputer wie auf der Freedom, welcher alle Sensoren, die man auf dem Planeten sowie auch im All platzieren wollte, steuern und anzeigen können sollte. Zudem sollte es auch ein Fertigungszentrum geben, in dem jeder jedes noch so komplizierte Bauteile per Fertigungscomputer bauen lassen konnte.

Als Letztes einigte man sich darauf, an dem großen See, der in der Mitte der vier Blütenblätter von vier größeren Flüssen, die jeweils in den Bergen eines jeden Blütenblattes entsprangen, ein großes Gebäude entstehen zu lassen. Einmal als Ferienort für jedermann, aber auch als Begegnungsstätte für alle und als Ort, an dem die Wissenschaft, Technik oder andere Gewerke sich austauschen können sollten. Letztendlich wollte man dort auch einen Platz schaffen, an dem regelmäßig der Kriegsrat in all seinen Besetzungen tagen könnte.

Damit waren die ersten Planungen abgeschlossen und die einzelnen Völker begannen, ihre jeweilige Zivilisation aufzubauen unter der Maxime, die Umwelt maximal zu achten, denn die Menschen sowie auch die Syras hatten es schmerzlich erfahren, wie es war, wenn die Umwelt Schaden nimmt.

Aufbau der Zivilisationen

Nachdem der Planet aufgeteilt war, begannen die einzelnen Völker mit dem Aufbau ihrer Zivilisationen. Die Menschen begannen, ihre Stadt zu planen sowie die Industrieanlagen, die notwendig waren. Das Steuerungs- sowie das Produktionszentrum mit zwei riesigen Produktionscomputern, größer noch als die auf der Freedom, wurden in einer Höhle installiert, welche unweit des Standortes lag, welcher für die neue Stadt der Menschen auserkoren worden war. Der Boden war an dieser Stelle nicht besonders fruchtbar, aber aufgrund der hügeligen Landschaft waren viele Grundstücke wunderbar gelegen mit einer herrlichen Fernsicht. Verwaltungsgebäude sowie Gemeindezentren, Lokale oder Geschäfte plante man um die weniger schönen Plätzen im Zentrum herum.

Martin hatte ein wunderschönes Grundstück auf einem Hügel ergattert, auf dem irgendwann einmal sein Haus stehen würde. Seine beiden Nachbarn waren General Brandt und Thomas.

Bevor jedoch die Häuser gebaut werden konnten, musste ein sehr großes Sägewerk errichtet werden. Zudem erschloss man in der nächsten Zeit ein Betonwerk und setzte mehrere Schürfroboter an insgesamt vier Standorten ein, um immer genügend Rohstoffe für die Produktionscomputer zu haben.

Die hierfür benötigten und gewonnenen Rohstoffe lagerten ebenfalls in dem Höhlenkomplex.

In einer etwas abseits gelegenen Höhle baute man einen Hangar für alle Arten von Flugobjekten. Diese waren auch gedacht, um eine Mindestbesatzung auf der Freedom ständig unterhalten zu können. Eine ihrer Aufgaben war die Beobachtung des Wetters auf Terra.

Die Bauern bereiteten mit ihren umweltfreundlichen Traktoren die Felder auf und säten erste Feldfrüchte.

So entwickelte sich allmählich wieder eine menschliche Zivilisation. Nun entstanden auch erste Häuser, eine Schule wurde gebaut und ebenso ein Krankenhaus mit mehreren Heilcomputern.

Die meisten Menschen übernachteten zwar noch auf der Freedom, aber deren Zahl wurde nun auch immer kleiner.

Die Eulas hatten ebenso einen Hochwald für ihren neuen Standort gewählt, der nahe an einem Berg gelegen war und alles bot, was sie für ihre Art zu leben benötigten. Dort entstanden schnell in luftiger Höhe Hütten und eine Gemeinde, die jederzeit erweiterbar war.

Auch die Syras hatten einen schönen Platz an dem Fluss gefunden, der durch ihr Blütenblatt floss, und bauten dort erstmals nach mehr als einhundert Jahren wieder Häuser an der Oberfläche und mussten nicht mehr unter Tage leben. Dies tat der Gemeinde derart gut, dass sich die Anzahl der Syras sehr schnell erhöhte, denn die alte Geburtenkontrolle galt nun nicht mehr.

Die Canäer waren die Ersten, die wieder ihr Dorf - ebenfalls in der Nähe eines Nebenarmes ihres Hauptflusses - errichtet hatten und sehr schnell ihr altes Leben dort lebten. Inmitten dieses Dorfes stand schnell wieder ihr Stammeszeichen, der kunstvoll geschnitzte Holzpfahl. Ohne Angst vor den Teufeln haben zu müssen, entwickelte sich Borms Stamm ebenfalls sehr schnell und gut.

Nach insgesamt einem halben Jahr beschloss man, den Bau der Begegnungsstätte für alle Völker zu beginnen. Jedes Volk stellte dafür Arbeiter sowie Materialien ab. Dieser Bau war, abgesehen von seinem Fundament, komplett aus Holz und die Eulas verzierten ihn auf äußerst kunstvolle Art mit unglaublichen Schnitzereien, die von den Begegnungen der Völker sowie von der Reise nach Terra berichteten. Der Bau dauerte fast ein Jahr, aber danach war er fertig und wurde zu einem wirklichen Zentrum und einer Begegnungsstätte der vier Völker.

Die vier Völker wachsen

Nach insgesamt zwei Jahren war bei den Menschen ein Industriegebiet nahe den Berghöhlen entstanden. Der Ort hatte sich sehr gut entwickelt, nur die Straßen waren noch nicht vollständig gepflastert. Aber jeder hatte sein Haus mit fließend Wasser und Strom. Es gab genügend Nahrung für alle, denn auf diesem Planeten konnten drei Ernten pro Jahr eingefahren werden. Viel Arbeit für die Bauern, aber damit musste auch niemand Hunger leiden. Selbst der Hopfen war von bester Qualität und die neu aufgebaute Brauerei produzierte bereits. An einigen Hängen der Berge wuchs Wein. Dieser wurde allerdings noch nicht geerntet und gekeltert.

Ein Krankenhaus war in Betrieb - wenn auch selten gebraucht - und Kinder tummelten sich auf dem Pausenhof der Schule. Es war ein normaler Alltag eingezogen wie einst auf der Erde. Die Menschen fühlten sich wohl und sicher.

Die Eulas hatten sich in den Bäumen ihres neuen Waldes und an den Hängen der Berge ihr neues Zuhause gestaltet. Noch prachtvoller als ihr altes Zuhause, das wegen des Krieges mit Ritan und ihren Raptoren arg vernachlässigt worden war. Auch sie fühlten sich das erste Mal seit vielen Jahren sicher und das merkte man auch daran, dass wieder viel mehr Geburten registriert wurden und deren Gemeinde nun langsam wuchs.

Bei den Syras war es so, als ob ein Volk das erste Mal seit einer Generation wieder so richtig aufatmen konnte. Das Leben in frischer sauberer Luft ohne Krieg und Angst war vorüber und nur noch eine böse Erinnerung. Alle lebten wieder frei und ungezwungen. Dies alles führte dazu, dass das Volk der Syras aufblühte und gedieh.

Letztlich die Canäer, die ebenfalls endlich einmal ungezwungen und ohne Angst aufblühen: ein Volk, welches erstmals frei und ohne jegliche Zwänge und Ängste leben konnte. Diese genossen es sehr und Borms Bevölkerung wuchs stetig und ebenfalls schnell.

Die Gemeinschaft der Völker

Der große Kriegsrat tagte nun regelmäßig in den neuen Räumlichkeiten der Begegnungsstätte. Da dort ebenfalls auch Runden zu allen wesentlichen Themen abgehalten wurden, lagen den Mitgliedern des Kriegsrates immer alle relevanten Informationen vor, damit diese richtig entscheiden konnten.

In der nächsten Sitzung hatte General Brandt einen Vorschlag: »Nach der langen Reise hierher mit sehr vielen Gefahren haben wir alle hier Frieden gefunden und die Gemeinden blühen auf. Dies ist erstaunlich, denn wir sind noch keine drei Jahre hier auf Terra. Deshalb schlage ich vor, den kleinen und den großen Kriegsrat umzubenennen und nur noch einen großen Kriegsrat mit Namen ›Großer Rat‹ beizubehalten. Krieg führen wir glücklicherweise nicht mehr und deshalb die Umbenennung. Was sagt ihr alle hierzu?«

Alle im Saal standen sofort auf und applaudierten. Dieses eindeutige Zeichen bedurfte keiner weiterer Worte, sodass es fortan nur noch einen großen Rat gab.

Aufbau der Zivilisationen

Nach einem weiteren Jahr saß General Brandt zusammen mit seiner Frau auf deren Terrasse und der General sinnierte: »Schatz, eigentlich bin ich sehr zufrieden mit dem, was wir alles erreicht haben. Die vier Gemeinden wachsen und scheinen sehr zufrieden zu sein, auch die Gemeinschaft untereinander ist fast als ideal zu bezeichnen, wir sind gut aufgestellt und alle Weichen für die Zukunft sind gestellt. Ich würde mir jetzt nur noch eines wünschen und dies wäre, etwas mehr Zeit mit dir verbringen zu können.«

Seine Frau drehte sich in ihrem Sitz etwas zu ihrem Mann, ganz erstaunt über dessen letzten Satz: »Was meinst du damit? Es wäre schön, mehr Zeit mit dir verbringen zu können, zumal du auf der Erde mittlerweile längst pensioniert wärst, aber so was gibt es hier ja nicht.«

»Schatz, ich denke derzeit lediglich öfter daran, die doch riesige Verantwortung abzugeben und mich ins Privatleben mit dir zurückzuziehen. Was würdest du denn davon halten?«

»Das fragst du mich? Die Antwort solltest du kennen. Ich wäre überglücklich, mit dir diesen wunderbaren Planeten zu erkunden, solange wir körperlich noch fit sind. Du hast oft genug gesagt, wie gut dein Stellvertreter ist. Da kommt mir ein Gedanke: Wie wäre es, wenn du anlässlich deines sechzigsten Geburtstags in ein paar Wochen die Leitung an Oberst Berger abgibst und wir beide eine ausgiebige Tour mit Rucksack starten würden?«

General Brandt dachte angestrengt über diese Möglichkeit nach und nickte dabei fast unmerklich. Plötzlich aber hellten sich seine Gesichtszüge auf, er stand auf, nahm seine Frau bei ihren Händen, zog sie hoch und umarmte sie: »Das ist perfekt und der Zeitpunkt ist es auch, den Staffelstab weiterzugeben. Genauso mache ich es. Du, meine Liebe, bekommst den Auftrag, eine schöne Route für uns zu planen. Ich gebe meinem Adjutanten Bescheid, dir hierfür notwendige Daten von der Freedom bereitzustellen.«

Man merkte sofort, wie beflügelt General Brandt in den nächsten Tagen wirkte, denn er war fest entschlossen, diesen Plan umzusetzten und es kam ihm fast so vor, als ob bereits sehr viel Last allein durch die Entscheidung von seinen Schultern genommen worden war.

Führungswechsel

Bereits in den folgenden Tagen, nachdem er den Entschluss gefasst hatte, sprach er mit Martin darüber und über die Tatsache, dass er ihn, Martin, als seinen Nachfolger vorschlagen wolle. Dieser war erst einmal sehr überrascht und sprach kurz darauf alles mit Marina durch.

»Die Übernahme der Verantwortung bedeutet aber auch für uns Veränderungen. Ich würde weniger Zeit für euch haben, denn alle würden sämtliche Entscheidungen von mir erwarten. Ich weiß doch, mit welchen banalen Dingen sich der General und sein Adjutant rumschlagen müssen. Nicht, dass ich das nicht könnte, aber alles kostet Zeit. Zeit, die uns fehlen wird. Was meinst du?«

Marina dachte kurz nach und gab danach ihre Meinung kund: »Martin, ich kenne dich nun doch sehr lange und weiß, wie sehr dir alle Gemeinden und vor allem auch die Gemeinschaft am Herzen liegen. Dies hast du oft genug bewiesen mit deinen teils sehr gefährlichen Einsätzen während der Reise hierher. Dass du das alles kannst, dessen bin ich mir ganz sicher, und ich denke auch, dass dies die Krönung deines bisherigen Tuns wäre. Wenn du mir versprichst, noch mehr an andere zu delegieren, dann sage ich Ja und werde dich nach Kräften unterstützen.«

Nach weiteren vier Wochen war der Tag gekommen. General Brandt hatte an diesem Tag

Geburtstag. Es war sein 60.

Auf dem Weg zur Begegnungsstätte, dem neuen Versammlungszentrum der vier Völker in der Mitte der Landmasse des Planeten, bekam der altgediente Soldat fast ein wenig Angst vor der eigenen Courage und bekam ein flaues Gefühl im Magen und dachte bei sich: ›Wenn ich das heute durchziehe, dann ist Schluss mit Befehlen. Dann geben andere mir Befehle. Ich habe Martin zwar vorgewarnt, aber er wäre sicher nicht böse, wenn ich es mir anders überlege. Nur meine Frau, was würde sie sagen, denn sie freut sich sehr auf unsere gemeinsame Freizeit. Sie wäre enttäuscht, würde es aber akzeptieren. Auf der anderen Seite muss der Abschied und die Staffelübergabe irgendwann sowieso erfolgen. Also warum nicht jetzt?‹

Kurz darauf kam er bei der Begegnungsstätte an und sein missmutiges Grübeln war schlagartig zu Ende. Als er aus seinem Gefährt ausgestiegen war, kam sogleich sein Adjutant, Hauptmann Müller, auf ihn zu und übergab ihm ein Blatt Papier mit der heutigen Tagesordnung.

›Jetzt gilt es‹, dachte er bei sich und ging mit dem Blatt mit der Tagesordnung in das Gebäude. Dort begab er sich in sein kleines Büro neben dem Sitzungssaal. Er schloss die Tür, begab sich zu seinem Schreibtisch und setzte sich. Zuerst goss er sich ein Glas Wasser aus der bereitstehenden Karaffe ein und trank einen kräftigen Schluck, denn er hatte plötzlich einen trockenen Mund.

Jetzt las er sich die Agenda durch und nickte zufrieden. Alles war so, wie er es haben wollte, und unter »Sonstiges« wollte er dann seinen Rücktritt bekannt geben. Schnell und fast schon hektisch fasste er sich an sein Jackett und entnahm mit einem zufriedenen Stöhnen ein zusammengefaltetes anderes Blatt Papier. Hierauf hatte er sich Notizen gemacht, was er alles zu seinem Rücktritt sagen wollte. Zufrieden lehnte er sich in seinem Sessel zurück und sah durch das Fenster Martin auf das Gebäude zukommen. Schnell trat er an sein Fenster, schob die Gardinen zur Seite und winkte Martin und bedeutete ihm, er möge zu ihm kommen.

Wenig später klopfte es und Martin trat ein.

»Guten Morgen, General, und herzlichen Glückwunsch zu Ihrem Geburtstag. Auch herzlich Grüße von Marina. Sie haben doch heute Geburtstag?«

»Ja, Martin, das ist richtig. Deshalb aber wollte ich dich nicht sprechen, aber ich wollte nur wissen, ob du vorbereitet bist, wenn ich meinen Rücktritt heute bekannt geben werde und dich als meinen Nachfolger vorschlage?«

»Ja, ich bin vorbereitet und werde annehmen, wenn mich auch die anderen hierfür wollen. Marina ist eingeweiht und ebenfalls einverstanden. Und du willst wirklich zurücktreten?«

»Ja, Martin, ich bin fest entschlossen und irgendwann muss es sowieso sein.«

Martin nickte, ohne noch etwas zu sagen, und verließ den Raum, denn bald würde die Sitzung beginnen und er sowie der General hatten bereits ausführlich über das Thema gesprochen und es war alles bereits hierzu gesagt.

In den nächsten Minuten konnte er durch sein Fenster beobachten, wie die einzelnen Ratsmitglieder eintrafen. Da waren die Syras, kurz zuvor die Canäer und zuletzt die Eulas. Ganz zuletzt kam noch Thomas auf den letzten Drücker wie so oft.

Der General verließ sodann sein Büro und betrat den Sitzungssaal. Dort schüttelte er viele Hände und wurde auch mehrere Male umarmt. Er nahm Glückwünsche entgegen und letztlich kam dann noch sein Adjutant auf ihn zu und gab ihm einen weiteren Zettel.

Er klappte diesen auf und las: »Es gibt etwas, was auf den Langstreckenscannern der Freedom aufgetaucht ist. Bitte unter ›Sonstiges‹ einplanen mit Tom Leitner.«

General Brandt klappte den Zettel wieder zu, faltete ihn noch einmal und steckte ihn dann in sein Jackett.

Nun begab sich der General an die Stirnseite des langen riesigen Sitzungstisches, nahm die dort platzierte Glocke fest in die Hand, läutete und rief: »Bitte nehmt alle Platz, wir wollen beginnen!«

Hinterher ließ er seinen Blick umherschweifen und tat dann kund: »Ich stelle fest, dass alle anwesend sind, und damit sind wir auch beschlussfähig. Ich sehe die Syras, die Canäer und die Eulas".

Es folgte ein kurzer Abriss dessen, was an diesem Tag auf der Tagesordnung stand, und der General fragte abschließend: »Hat jemand noch Ergänzungen?«

Als sich niemand meldete, begann man mit dem ersten Topic: Straßenbau.

Hierzu erhob sich Sertuf von den Eulas und begann: »Diesen Punkt hatten wir eingebracht aus aktuellem Anlass. Wir schlagen den Bau von guten Straßen vor, zumindest von hier zu jeder Stadt oder Ansiedlung. Letzte Woche kam gerade zur Mittagsstunde ein Besucher bei uns an. Dieser kam mit seinem Elektrofahrzeug. Doch aufgrund der nicht vorhandenen Straße war sein Fahrzeug doch so laut, dass unsere Kleinsten aus ihrer Mittagsruhe aufgewacht sind. Wer weiß, wie schwer es ist, sie zum Schlafen zu bringen, kann den Ärger einiger Mütter nachvollziehen. Unsere Kleinsten brauchen den Schlaf für ihre Entwicklung. Von daher gibt es keine Alternativen außer ausreichend Ruhe. Jetzt versteht ihr den Grund unseres Antrages.«

Nun bat Martin per Handzeichen darum, sprechen zu dürfen. Als ihm das Wort erteilt worden war, sagte er: »Eine Verkehrsverbindung quer durch jedes Blütenblatt macht auch aus wirtschaftlicher Sicht absolut Sinn. Aber die Straßenflächen müssten stark genug verdichtet werden, um die Fahrgeräusche auch im Sinne der Eulas niedrig zu halten. Von daher wären diese Flächen anderweitig nicht mehr nutzbar. Von daher bitte ich, sehr genau und minimalistisch zu planen.«

»Genauso nehmen wir das dann ins Protokoll von heute auf«, resümierte der General und nickte Hauptmann Müller als Protokollanten zu.

Als nächstes wurden weitere Punkte der heutigen Tagesordnung durchgearbeitet, bis letztendlich nur noch der Punkt »Sonstiges« auf der Agenda stand.

Hierzu stand der General auf, nahm seinen Zettel mit seinen Notizen in die Hand und begann, zuerst mit etwas zittriger Stimme: »Viele von euch wissen, dass heute mein 60. Geburtstag ist, und diesen runden Geburtstag nehme ich zum Anlass, hiermit meinen Rücktritt zu verkünden. Ich bin auch nicht mehr der Jüngste und die Verantwortung lastet schwer auf meinen Schultern. Zudem habe ich schon sehr lange meiner Frau versprochen, mehr Zeit mit ihr zu verbringen und unsere neue Welt mit ihr zu erkunden - lediglich mit Rucksack und einem Zelt. Genau das wollen wir nun in den nächsten Monaten tun und uns aus dem aktiven Dienst verabschieden. Mir ist natürlich klar, dass jemand anderes die Leitung übernehmen muss, um notwendige Entscheidungen zu treffen oder herbeizuführen. Deshalb schlage ich hierfür meinen heutigen Stellvertreter und von euch allseits geschätzten Martin Berger vor. Oberst Berger hat in den letzten Jahren und während der Reise hierher vielfach sein Geschick und seine Weitsicht bewiesen und ich glaube, erkannt zu haben, dass er von euch allen geschätzt ist. Martin, bitte sage selber einige Worte hierzu und ob du bereit wärst, diese Aufgabe zu übernehmen.«

Martin stand ebenfalls auf, blickte in die Runde und sagte mit fester Stimme: »General Brandt hat mich schon bereits vor einigen Tagen von seinem Entschluss in Kenntnis gesetzt, zurückzutreten und mir seine Nachfolge anzubieten. Wohlwissend, dass mit diesem Amt eine hohe Verantwortung übertragen wird, habe ich mir sehr lange darüber Gedanken gemacht und das alles auch mit meiner Frau besprochen. Meiner Familie und mir selber ist klar, dass mit diesem Amt auch deutlich weniger Zeit für die Familie bleiben wird, da es aber mir genauso wie General Brandt wichtig war und ist, das Zusammenleben unserer vier Völker zu sichern und friedlich weiterzuführen, werde ich dieses Amt annehmen, allerdings nur dann, wenn alle Ratsmitglieder mit meiner Wahl einverstanden sind.«

Nun ergriff wieder General Brandt das Wort richtete dies an alle Anwesenden: »Da ich diese Bedingung von Martin bereits kenne und seinen Wunsch absolut nachvollziehen kann, bitte ich nun um Handzeichen, wer mit der Wahl von Martin einverstanden ist.«

Sofort gingen alle Arme hoch und Dogul von den Canäern ergriff nun das Wort: »Liebe Ratsmitglieder, ich denke, der Rücktritt von General Brandt war genauso überraschend für euch wie dieser auch für mich war, allerdings braucht es eine Führung und ich persönlich halte Martin für den absolut richtigen Mann dafür, deswegen habe ich gerade ebenfalls meinen Arm gehoben. Deshalb bitte ich dich im Namen aller Canäer, die Nachfolge von General Brandt anzutreten, und beantrage hiermit ebenfalls, dass Oberst Berger den Status eines Generals erhalten soll.«

Ein Raunen ging durch den Saal, der General konnte aber auch nur nickende Köpfe sehen und deshalb bat er um Ruhe und schob nach: »Diesem Ansinnen kann ich nur zustimmen und bitte hierfür nochmals um eure Handzeichen.«

Sofort gingen wie zuvor alle Hände nach oben und nachdem der General sich umgesehen hatte und Einstimmigkeit feststellen konnte, fasste er zusammen: »Fürs Protokoll, Müller: ›Meine Nachfolge wurde einstimmig auf Oberst Martin Berger übertragen, der später während einer Übergabezeremonie in den Rang eines Generals erhoben werden wird.‹ Müller, Sie organisieren mir so eine Zeremonie hier in diesen Räumlichkeiten.«

»Jawohl, Herr General. Aber eine Frage hätte ich dennoch an Oberst Berger: Werde ich dann auch ihr Adjutant sein?«

Martin drehte sich zu Hauptmann Müller und antwortete: »Hauptmann Müller, Sie leisten eine hervorragende Arbeit. Darauf werde ich sicher nicht verzichten.«

»Eines noch für General Brandt: Bitte denken Sie an den Punkt von Hauptmann Leitner, er wartet auf der Freedom, um heruntertransferiert zu werden.«

»Danke, Müller. Sie können Leitner bereits Bescheid geben. Er kann kommen.«

Hauptmann Müller nahm das neben ihm liegende Sprechgerät, wählte die Freedom und sprach leise hinein. Bereits wenige Augenblicke später erschien neben Müller ein grelles weißes Licht und Hauptmann Leitner erschien neben Müller.

Schlechte Nachrichten

Nachdem der General Hauptmann Leitner aufgefordert hatte zu berichten, trat dieser an den langen Sitzungstisch und begann: »Erst einmal ein herzliches Hallo von meiner Seite. Ich selbst habe seit vier Tagen Dienst auf der Freedom. Dieser besteht hauptsächlich darin, mit den Langstreckenscannern das Weltall zu beobachten, denn alles andere läuft weitestgehend automatisiert. Gestern Nacht allerdings hatten wir erstmals seit einem halben Jahr einen Alarm. Der Computer hatte ein Objekt entdeckt, dessen Flugbahn direkt nach Terra führt. Da zudem die Geschwindigkeit variierte, wurden meine Kollegen und ich selbst stutzig und untersuchten das Objekt soweit möglich näher.« Leitner machte eine kurze Pause, um die Spannung, welche im Raum herrschte, zu erfassen.

Der General allerdings brach diese Stille und schnauzte: »Leitner, nun raus mit der Sprache. Was habt ihr rausgefunden?«

Leitner war kurz zusammengezuckt, straffte sich nun aber wieder und berichtete: »Liebe Ratsmitglieder, das, was ich euch jetzt berichte, sind leider wohl keine guten Nachrichten. Das Objekt, welches wir entdeckt haben, wird wohl den Planeten in etwa einem Monat erreichen. Wir und der Computer der Freedom glauben, dass es sich um ein Raumfahrzeug der Morg handeln könnte, denn die Signaturen des Antriebes des Objektes ähneln doch sehr denen der Raumschiffe der Morg, so wie diese damals vom Computer erfasst und aufgezeichnet wurden. Daher bitte ich die Syras und besonders die Syras-Wissenschaft, uns bei weiteren Untersuchungen zu helfen und diesen Verdacht zu verifizieren. Wenn es danach klar ist, um was es sich wirklich handelt, sollten wir weitere Maßnahmen beraten und beschließen. Zunächst bitte ich lediglich um Hilfe bei der Analyse. Danke für die Aufmerksamkeit. Fragen?«

Hauptmann Leitner entspannte sich merklich und blickte suchend in die Runde, Fragen erwartend.

Lupo von den Syras war der erste, der seinen Arm hob und der General erteilte ihm sofort das Wort: »Meine Herren, selbstverständlich werden die Syras bei der Analyse helfen und ich hoffe inständig, dass es sich bei dem Flugobjekt um etwas anderes handelt. Denn ein Morgobjekt hier bei Terra kann nur eines bedeuten, und das wäre dann Krieg. Das hier und wieder mit den Morg, das wird bei meinem Volk Angst und Schrecken auslösen.«

Nun war es Martin, der das Wort ergriff: »Lupo, du solltest lieber erst abwarten, was die Detailanalyse bringt, bevor du die Pferde scheu machst.«

»Pferde? Wir haben keine Pferde.«

»Entschuldige, Lupo, das eben war nur eine alte Redensart von der Erde, was so viel bedeutet wie: Erst alle Fakten genau kennen, bevor du dein Volk informierst und eventuell jetzt unbegründet beunruhigst, denn womöglich handelt es sich ja nicht um die Morg.«

Lupo nickte verstehend und somit war dieser Punkt vorerst abgehakt.

Der General gab noch Müller einen Hinweis für das Protokoll, sah danach auf die Agenda und sagte abschließend: »Damit beende ich die Sitzung für heute und Leitner, Sie berichten alles Weitere zu dem letzten Punkt gleich direkt an Oberst Berger.«

Hauptmann Leitner nickte und quittierte den Befehl mit einem kurzen »Jawohl«.

In den nächsten Wochen wurden die Daten, welche man von dem sich nähernden Raumschiff erhielt, detailliert analysiert und ständig wurden neue Daten hinzugefügt. Speziell die Syras-Wissenschaft arbeitete fieberhaft und zwei Wochen nach dem Rücktritt von General Brandt, wurde Martin anlässlich der Zeremonie, während der er zum einen in den Rang eines Generals erhoben wurde und zum anderen offiziell die Geschäfte von seinem bisherigen Chef übernahm, von Lupo zur Seite genommen.

Dieser flüsterte Martin zu: »Die Analysen zu dem sich nähernden Raumfahrzeug sind abgeschlossen. Wann hast du Zeit, damit wir darüber sprechen können?«

Martin sah Lupo direkt an, nickte verstehend und antwortete: »Wenn es dir recht ist, komme ich morgen Vormittag so gegen zehn Uhr auf die

Freedom. Dort treffen wir uns dann in meinem alten Büro. Lupo, sagst du bitte auch den anderen Bescheid, die hierfür dabei sein sollten?«

Lupo nickte dankbar und ging wieder zu seiner Gruppe von Syras zurück.

Kaum war Lupo weg, kam Marina auf Martin zu, hakte sich unter und flüsterte: »Schatz, geht das hier noch lange, denn ich hatte mich schon gefreut, heute Nacht von einem General genommen zu werden. Ein höherer Rang verspricht vielleicht noch mehr Spaß. Ich würde das sehr gerne ausprobieren.«

»Oh ja, das klingt sehr verlockend, aber etwas wird es noch dauern, aber dann …«

Wenig später trat Sebastian auf Martin zu und bat ihn: »Martin, erst einmal Glückwunsch zu deiner Beförderung, die du dir wahrlich verdient hast. Ich habe aber eine Bitte an dich: Als Führer der Viervölkerallianz möchte ich dich bitten, mir zu erlauben, diese einsame Insel zu erkunden. Von dort aus spüre ich eine Präsenz, der ich unbedingt nachgehen möchte.«

»Sebastian, natürlich kannst du diese Insel erkunden und wenn du möchtest, dann gebe ich dir einige Soldaten als Eskorte mit. Brauchst du sonst noch etwas?«

»Eigentlich nur ein Boot, mit dem ich die Insel erreichen kann. Weiter nichts, auch keine Eskorte.«

»Lass mich morgen noch etwas auf der Freedom erledigen, dann komme ich gerne mit, denn auch ich bin schon neugierig, was dort sein könnte, und ich nehme meine Hunde mit.«

Doch bevor irgendetwas passierte, verständigte Martin sich mit General Brandt, damit dieser am nächsten Tag ebenfalls auf der Freedom anwesend sein sollte. Martin wollte nicht auf dessen Expertise verzichten. Dann aber verabschiedete er sich und ging mit Marina eng umschlungen in Richtung ihres Fahrzeuges und fuhren heim. Dort angekommen verabschiedeten sie ein junges Mädchen aus der Nachbarschaft, welches auf die Kinder aufgepasst hatte, und nachdem sie kurz nachgesehen hatten, dass es den Kindern gut ging, ging es ins Schlafzimmer.

Marina setzte sich aufs Bett und zog Martin zu sich. Beide fielen sofort auf das Lager und eine wilde Knutscherei begann, im Laufe deren beide alle Kleidungsstücke verloren. Direkt darauffolgend schliefen beide mehrere Male miteinander und man sprach vom »Götterzeugen«. Da der Tag letztendlich anstrengend gewesen war, forderte er nun seinen Tribut und beide schliefen eng aneinander gekuschelt ein.

Die Sonnen schienen bereits, als die Kinder sich anschlichen und beide anschließend anfielen.

»Wie spät ist es denn schon?«, wollte Marina wissen und Sebastian antwortete: »So halb neun, also noch früh.«

»Was? Halb neun!« Martin war jetzt hellwach, sprang aus dem Bett und eilte ins Bad.

Dort holte ihn aber Marina ein, sah demonstrativ auf sein bestes Stück, tätschelte es und da sie damit eine sofortige Reaktion hervorrief, meinte sie nur trocken: »Jetzt leider nicht, aber heute Abend, mein Lieber. Da darfst und sollst du dich wieder austoben. Martin, geh du unter die Dusche, ich mache einstweilen Frühstück."

Die geheimnisvolle Insel

Nach einem gemeinsamen schnellen Kaffee ließ sich Martin auf die Freedom transportieren und begab sich dort in sein ehemaliges Büro. Dort lag auf seinem Schreibtisch eine Mappe mit dem Analysebericht zu dem sich nähernden Raumschiff.

Martin setzte sich und begann zu lesen. Laut dem Bericht handelte es sich um ein Raumfahrzeug der Morg. Dies hatten die Untersuchungen klar bestätigt. Eine kleine Aufklärungssonde mit einer Besatzung von zwischen drei und sieben. Solche Sonden waren laut dem Bericht kaum bewaffnet und stellten somit keine große Gefahr für die Freedom dar. Der Bericht allerdings ging davon aus, dass das Fahrzeug über die gute Schildtechnologie der Syras verfügen könnte, die die Morg erbeutet hatten während der letzten Schlacht zwischen den Syras und den Morg. Zudem verfügte so eine Sonde über eine starke Sendeeinrichtung zur Übermittlung von Nachrichten über extrem große Distanzen. Dies wäre dann die eigentliche Gefahr, dass die Sonde die Position von Terra übermitteln könnte.

In dem weiteren Bericht wurden noch weitere Details sowie die angewendeten Analysemethoden erläutert, die das Endergebnis weiter erhärten sollten.

Martin hatte im Wesentlichen mit so einem Ergebnis gerechnet und er wusste auch, dass die

Morg sicher auf Rache sinnen würden. Während Martin noch in Gedanken war, klopfte es an der Tür und General Brandt trat ein.

»Hallo Martin. Deine neue Uniform steht dir übrigens sehr gut. Wo kann ich helfen?«

Martin bedankte sich fürs Kommen des Generals und informierte ihn über die wesentlichen Punkte des Berichtes, den er gerade gelesen hatte. Danach erschienen Hauptmann Leitner, Lupo und zwei Syras-Wissenschaftler. Damit war die Runde komplett und man besprach die Ergebnisse, die im Bericht zusammengefasst waren.

»Was aber wäre jetzt zu tun, um Terra vor Entdeckung zu schützen?« wollte Martin wissen.

Hauptmann Leitner räusperte sich und antwortete als Erster: »Wir sollten einige Raketen auf dieses Flugobjekt schießen und es zerstören, bevor es noch näher kommt.«

Martin kratzte sich am Kopf und dachte danach laut: »Schön, aber wenn die die Raketen bemerken, werden sie sicher eine Warnmeldung in Richtung der Morg absetzen und aufgrund der Signalrichtung wäre Terra bereits gefunden.«

Die beiden Wissenschaftler nickten beipflichtend. Dadurch wurde dieser Vorschlag verworfen.

Nun aber hatte Martin eine Idee» »Welche Reichweite hätte ein starkes Störsignal zur Verhinderung von Funkübertragungen?«

Einer der beiden Wissenschaftler, ein untersetzter, etwas übergewichtiger Mann mit Halbglatze, richtete sich in seinem Stuhl auf und antwortete: »Diesen Gedanken hatten wir auch schon und die Sendeanlage der Freedom erlaubt uns, ein

Störsignal zu senden innerhalb des Radius', in dem man die Sonde mit Bordwaffen zerstören könnte.«

»Auf eine solche Entfernung könnte man dann aber auch die Sonde in einen Frachtraum der Freedom verbringen? Oder nicht?« fragte Martin nach, der eine weitere Idee hatte.

»Ja, das ginge«, bekam Martin als Antwort auf seine letzte Frage.

»Und würde die Sonde auch in einen Frachtraum passen?«

»Ja, würde er, denn die Sonde ist etwa so groß wie ein Schürfer für Bodenschätze und die passen auch dort rein.«

»Sehr gut, dann machen wir es so. Wir stören den Funkverkehr der Sonde so früh wie möglich und erwarten sie, getarnt mit der Freedom, an dem Punkt, den uns der Computer als Treffpunkt berechnet. Dann verbringen wir die Sonde auf die Freedom und nehmen die Insassen fest. Hinterher können wir die dann befragen. Vielleicht erhalten wir so noch wertvolle Informationen.«

»Hat jemand noch Fragen oder Anmerkungen?«

Lediglich General Brandt merkte an: »So wie ich das sehe, ein perfekter Plan. Von meiner Seite her keine Einwände.«

»Gut, dann ist es so beschlossen. Leitner, Sie sorgen dafür, dass der Computer programmiert ist. Und durchforsten Sie bitte die Datenbank nach Plänen für deutlich kleinere Freedoms. Falls es die gibt, wäre es sicher sinnvoll, weitere Raumschiffe zu haben, um einmal die Freedom zu schützen und zum Anderen den Planeten rundherum abzusichern«, resümierte Martin.

»Ich habe gewusst, warum ich dich, Martin, zu meinem Stellvertreter und jetzt Nachfolger auserkoren habe. Du hast eine perfekte Voraussicht«, schloss General Brandt.

»Michael, möchtest du eigentlich mit? Zu der noch unbekannten Insel. Sebastian hat mich gebeten, diese zu erkunden, und wir fahren gleich hin."

Der General überlegte kurz und nickte dann: »Ja, gerne ich komme mit, denn meine Frau erwartet mich erst gegen Abend. Also habe ich Zeit und unser Urlaub startet erst morgen.«

Damit löste sich die Gruppe auf. Martin und General Brandt ließen sich wieder auf Terra verbringen, an den Bootssteg der Canäer. Dort wurden sie bereits von Marina, Borm, Sebastian sowie drei weiteren Canäern und Ben und Maja erwartet.

»Schatz, du kommst spät, wir warten schon einige Zeit«, empfing Marina ihren Martin und Maja kam ebenfalls sofort auf Martin zu und stieß ihn sanft mit der Schnauze an, um gestreichelt zu werden.

»Schatz, du kommst auch mit? «

»Ja, wenn es dir nichts ausmacht, gerne.«

Martin nahm daraufhin sein Funkgerät und rief Feldwebel Helmer: »Helmer, ich bräuchte eine Eskorte in der Stärke einer Gruppe zu einer Exkursion auf die unerforschte Insel. Treffpunkt ist der Bootssteg von Borm und macht schnell.»

»Martin, ist das notwendig? Ich habe doch meine Leibgarde dabei«, meinte Borm etwas irritiert.

»Borm, ich bin nur vorsichtig, denn wenn ein

König, meine Königin und viele Führungskräfte sich auf unbekanntes Terrain begeben, dann sollten diese bestmöglichst geschützt werden. Mia würde mir jetzt auch zustimmen, oder nicht?«

Borm nickte und gab sich mit der Erklärung zufrieden.

Während alle auf die Soldaten warteten, sah sich Martin das Boot an. Er stellte zufrieden fest, dass auf dem Boot leicht zwanzig Personen Platz hatten, also genug für achtzehn Personen und zwei Hunde.

Nach etwa einer halben Stunde des Wartens fuhr ein kleiner Elektrounimog auf den Steg zu und ihm entstiegen Feldwebel Helmer, ein Unteroffizier sowie acht weitere Soldaten mit leichter Bewaffnung. Martin nickte Helmer zufrieden zu, denn sowohl Bewaffnung als auch die Auswahl der Soldaten, von denen auch ein Sani dabei war, gefiel Martin.

Da sie nun vollständig waren, stiegen alle in das Boot und Borm übernahm das Steuer. Die Überfahrt währte eine gute halbe Stunde und dann kam die Insel in Sicht. Sie schien vulkanischen Ursprungs zu sein, denn ein Berg - wohl ein ehemaliger Vulkan - dominierte dieses Eiland. Der Rest war dichter Dschungel, welcher bis auf halbe Höhe des Vulkans reichte. Die Strände schienen feinsandig, durchzogen von einigen größeren Gesteinsbrocken, zu sein. Eigentlich sehr einladend und ein Blick Marinas, den Martin auffing, verriet ihm ihre Gedanken. Ben und Maja standen an der Reling, reckten ihre Köpfe darüber und sogen die Gerüche der Insel auf. Einen Steg oder etwas ähnliches gab es nicht, sodass Borm das Boot an den Strand setzte. Sofort stiegen die drei restlichen Canäer aus und machten ein Tau an einem der Felsen fest. Eine Planke zum Aussteigen war ebenfalls schnell an der Bordwand angebracht, sodass dann sofort alle trockenen Fußes aussteigen konnten.

Die Soldaten sicherten sofort die nähere Umgebung um das Boot. Ben und Maja tollten umher und spielten mit Marina. Martin stand neben General Brandt und Sebastian. Die drei beobachteten die Szenerie, bis es Martin auffiel, dass seine beiden Hunde das Toben plötzlich einstellten und sich zwischen Marina und den Dschungel stellten mit Blickrichtung zu den Bäumen.

Sebastian sagte jetzt leise: »Der Dschungel hat Augen. Wir werden beobachtet.«

Wenig später erschallte ein Warnruf und mehrere Soldaten zogen sich zurück zum Boot.

»Helmer, rufen Sie die Soldaten komplett zurück!« befahl Martin und Helmer rief alle zurück.

Die Soldaten bezogen Stellung hinter größeren Felsen, die um den Landeplatz des Bootes waren, sodass sie dort etwas Deckung fanden.

Sie waren alle in Stellung, als Sebastian auf einen großen Felsen direkt am Waldrand deutete: »Da! Seht!«

Martin sah in die gewiesene Richtung und konnte eine riesige schwarze Katze, ähnlich einem Panther, aufrecht auf zwei Beinen auf dem Felsen stehen sehen. Martin griff an seinen Gürtel, um sich zu vergewissern, dass dort seine Pistole hing, und als er diese spürte, ging er einige Schritte auf den Panther zu. Feldwebel Helmer schaltete geistesgegenwärtig und warf Martin noch einen Kommunikator zu, den sich dieser um den Hals hängte und einschaltete.

Martin trat noch etwas näher, als plötzlich weitere Panther aus dem Dschungel brachen und sich in einem Halbkreis um den Felsen aufbauten. Damit war klar, dass der Panther auf dem Felsen wohl deren Anführer war.

Helmer indessen gab einigen Soldaten einen Wink, sodass diese sofort zu Martin liefen und ihn ebenfalls deckten.

Danach sprach Martin den Oberpanther an: »Ich grüße dich und darf zuerst mich und meine Begleiter vorstellen. Wir kommen in Frieden und wollten nur wissen, wer auf dieser Insel lebt.«

Sebastian war mittlerweile neben Martin getreten und vollendete den Satz: »Ich selbst hatte die Idee und habe um diese Exkursion gebeten, da ich ausgehend von dieser Insel eine mir vertraute Präsenz gespürt habe.«

Martin übernahm nun wieder die Gesprächsführung: »Wie darf ich dich ansprechen? Mein Name ist …«

»Martin Berger, das wissen wir bereits, und du bist der neue Führer der vier Völker, die sich seit einiger Zeit auf diesem Planeten niedergelassen haben.«

Martin dachte fieberhaft nach: ›Der spricht von WIR. Wie hochnäsig. Der meint anscheinend wirklich, etwas Besseres zu sein, und seinen Namen hat er nicht genannt.‹

Martin beobachtete sein Gegenüber ganz genau und er glaubte gesehen zu haben, dass dieser

Unbekannte die Augenbrauen hochgezogen hatte. Kaum hatte er diesen Gedanken, kam auch schon prompt eine Reaktion.

»Mein Name ist Kenan und wir sind die Kataner, ein Volk von Großkatzen. Bist du jetzt zufrieden, da du unseren Namen kennst? Und uns als hochnäsig zu bezeichnen, ist, gelinde gesagt, frech«, schloss Kenan.

›Kann der Gedanken lesen, denn ich habe ja gerade an Hochnäsigkeit gedacht?‹

»Wir sind nicht hochnäsig, sondern nur überlegen, da wir wirklich Gedanken lesen können. Und beruhige deine Frau da hinten an eurem Boot, denn die macht sich gerade große Sorgen. Die sind unbegründet, denn wir haben nicht vor, euch etwas zu tun, denn auch wir wollen lediglich in Frieden leben und diese Insel reicht uns hierfür. Du, der du Sebastian heißt, du bist hier auf der Insel willkommen, da du ebenso wie Tollewart, der uns einst hierherbrachte, von den REISENDEN stammst. Die anderen bitte ich nun, die Insel zu verlassen und nicht mehr wiederzukehren. Und zu eurem Problem mit dem sich nähernden Raumschiff der Morg kann ich nur sagen, dass dies nicht unser Krieg sein wird, denn Krieg und Zerstörung, speziell die des Volkes der Syras, ist deren Ziel. So viel kann ich euch bereits verraten, denn wir beobachten die Situation mit Sorge, denn Terra ist auch unser Planet und wir wissen genau, was die Morg mit Planeten zu tun pflegen.«

»Könntet ihr uns in diesem - du nanntest ihn Krieg - nicht beistehen?«

»Nein, das ist allein eure Angelegenheit, denn

ihr alle seid die Ursache, dass die Morg überhaupt hierherkommen. Und Martin, sag diesem Bären, er soll sich beruhigen, ihr könnt uns hierbei nicht beeinflussen.«

Martin sah ein, dass das Gespräch zu nicht mehr führen würde, und befahl allen, wieder in das Boot zu steigen. Lediglich die drei Canäer blieben noch und schoben das Boot etwas ins tiefere Wasser, sodass der Bootsmotor den Rest schaffen konnte.

»Das war aber jetzt eine klare Abfuhr«, meinte General Brandt, nachdem das Boot gewendet und wieder Kurs aufs Festland genommen hatte.

»Sebastian, du beherrscht ja auch die Kunst des Gedankenlesens?«, wollte noch Martin wissen und nachdem der Angesprochene genickt hatte, fügte Martin nur hinzu: »Dann werde ich dich brauchen, um den Katanern - wenn nötig - Informationen zukommen zu lassen.«

»Die haben diese Informationen bereits wenn du sie denkst, sofern sie sich auf dich konzentrieren.«

»Aber wenigstens wissen wir, wer auf der Insel wohnt und was wir von da zu erwarten haben.«

»Nichts«, brummte Borm, am Ruder stehend.

Nach dem Ende der Überfahrt fragte Helmer Martin, ob er ihn, seine Frau und die Hunde zur Siedlung mitnehmen solle. Marina lehnte aber ab, da sie mit ihrem Fahrzeug gekommen war. So kam es, dass General Brandt mit den Bergers zusammen nach Hause fuhr und Marina das Haus aufschloss, die Hunde hineinwinkte und drinnen Martin erst einmal in die Arme nahm und ihm zuflüsterte: »Ich bin nur froh, dass du keine Gedanken lesen kannst, denn sonst könnte ich dich nie mehr mit meinen Wünschen überraschen. Denn jetzt habe ich den Wunsch, mit dir das fortzuführen, was wir heute früh wegen Zeitmangels nicht fortführen konnten.«

»Tja, der Ausflug war nicht sonderlich erfolgreich und da tut eine schöne Abwechslung sicher gut. Aber ich will nicht sagen, dass du nur eine Abwechslung bist. Denk dies bitte niemals.«

Marina fiel regelrecht über Martin her, so wie sie es die ganze Zeit vorgehabt hatte, denn der schöne Strand auf der Insel hatte sie dazu gebracht, an den Planeten der Glugg zu denken und das, was sie dort am Strand mit Martin erlebt hatte. Sie liebte Martin und war fast immer auch scharf auf ihn. So vernaschte sie ihren Martin an diesem Nachmittag und der folgenden Nacht wieder mehrere Male und genoss ihr Zusammensein in vollen Zügen. Unterbrochen wurde das Liebesspiel lediglich, als die Kinder heimkamen.

Als beide viel später erschöpft einschliefen, dachte Marina noch kurz: ›Früher hätte ich noch nicht aufgehört, aber wir werden nun doch älter und unsere Kraft zur körperlichen Liebe ist nicht mehr grenzenlos.‹

Am nächsten Morgen fühlten sich beide etwas schlapp, hatten aber trotzdem wieder Lust aufeinander, sodass eine schnelle Nummer beim Wachwerden half. So beschwingt begannen beide ihr Tagewerk. Martin begab sich zu Hauptmann Müller, um eine Dringlichkeitssitzung des großen Rates aufgrund der Morg-Problematik vorzubereiten. Marina brachte die Kinder zur Schule und begab sich danach zu einem Bauern, um die Geburt von

Ferkeln als Tierärztin zu überwachen.

Noch am Abend dieses Tages kamen die Ratsmitglieder zu der Dringlichkeitssitzung zusammen und Martin als neuer Vorsitzender eröffnete diese.

»Herzlichen Dank, dass ihr alle so kurzfristig kommen konntet, und glaubt mir, ich hätte mir meine erste Sitzung lieber mit deutlich weniger Brisanz gewünscht.«

In der Folge informierte er den Rat über den Plan, wie das Morg-Raumschiff aufgebracht werden sollte, sowie von der Erlebnissen auf der Insel. Zudem stellte er den Bauplan sowie den Ressourcenbedarf zum Bau von einigen kleineren Raumschiffen ähnlich der Freedom vor, die mit jeweils maximal zehn Personen betrieben werden könnten, aber auch über Schildtechnologie sowie über erhebliche Feuerkraft verfügen sollten. Daraufhin beschloss man den Bau von fünf solchen Schwesternschiffen.

Der Bau startete sofort am nächsten Tag und die Herstellungsautomaten liefen fortan auf Hochtouren und Scotty und seine Leute leisteten wieder Großes.

Nach zwei Wochen war dann tatsächlich das erste Raumschiff fertig und Martin durfte es in der Produktionshöhle, die auch als Hangar diente, besichtigen. Es war schnittig und verfügte über alle wichtigen Funktionen der Freedom mit einem Unterschied: Dieses Flugobjekt konnte auf Terra starten und landen. Hierzu war die Freedom zu groß und sollte dies jemals nötig werden, müssten Hilfsraketen das Raumschiff wieder in eine

Umlaufbahn heben, bevor es dann allein fliegen könnte.

Nach der Inspektion startete die erste Schwester der Freedom, der man den Namen »Freedom 2« gegeben hatte, zu einem ersten Testflug.

Alle wichtigen Komponenten arbeiteten einwandfrei und es mussten nur wenige Korrekturen vorgenommen werden, als der Testflug beendet war und das Schiff wieder sicher vor der Produktionshöhle gelandet war.

Eine Woche später wurde das Morg-Raumschiff pünktlich abgefangen, indem die Freedom getarnt exakt an dem Ort warten ließ, an dem dieses Raumschiff laut dem Computer der Freedom auftauchen sollte. Sofort wurde der Störsender aktiviert und das gesamte Schiff in den größten Hangar der Freedom verbracht. Dort wartete bereits eine Kompanie Soldaten unter der Führung von Thomas. Schnell enterte man das Morg-Gefährt und nahm neun Morg gefangen. Mehr waren nicht an Bord. Die Gefangenen wurden weggebracht und eingesperrt. Unverzüglich begannen die Verhöre, die erst spät Ergebnisse brachten, da die Morg stur waren. Erst Folter brachte Antworten.

So erfuhr man, dass die Morg einen Spion bei den Syras hatten und wie er den Standort Terra über eine so weite Entfernung hatte verraten können. Der Rest war einfach nur Rache der Heiligkeit der Morg, die diese Mission auf den Weg gebracht hatte.

Als Martin von dem Verrat erfuhr, war er erst außer sich vor Wut, beruhigte sich aber dann auch wieder und bat Lupo als Führer der Syras zu sich.

Am Nachmittag desselben Tages erschien Lupo in der Begegnungsstätte und klopfte am ehemaligen Büro von General Brandt, welches nun ja Martins Büro war. Hauptmann Müller nahm Lupo in Empfang und führte diesen zu Martin.

»Lupo für Sie.«

»Ah, Lupo, schön, dass du schon so schnell kommen konntest.«

»Hallo Martin. Da deine Einladung ja ziemlich dringend zu sein schien, habe ich mich beeilt.«

»Vielen Dank dafür, aber ich habe leider schlechte Nachrichten für dich. Lupo, wie du weißt, haben wir das Morg-Raumschiff so wie geplant aufgebracht und konnten neun Morg gefangen nehmen und verhören. Da du sicher weißt, dass Morg nicht so leicht ihre Geheimnisse preisgeben, haben die Verhöre etwas gedauert. Letztendlich konnten wir aber doch herausbekommen, wie die Morg uns finden konnten. Es war ein getarnter starker Peilsender ähnlich denen, die uns die Morg bereits mit den Nahrungsmitteln mitliefern wollten, nur …«

»Nur was?«

»Nur dieses Mal besitzt den Peilsender einer von deinen Leuten.«

»Wer?«

»Sein Name ist Saura. So viel zumindest haben die Morg verraten.«

»Saura? Ich kenne ihn und halte ihn unbedingt für vertrauenswürdig, aber da habe ich mich wohl geirrt.«

»Lupo, ich bräuchte nochmals deine

Wissenschaftler, um einen Scanner oder ähnliches zu bauen, um diesen und möglicherweise weitere Peilsender aufzuspüren. So lange muss das mit Saura geheim bleiben. Ist das in Ordnung für dich?«

Lupo nickte und somit war alles, was Martin geplant hatte, auf den Weg gebracht.

In den nächsten Tagen bastelten Scotty und die Wissenschaftler der Syras einen kleinen Handscanner zum Auffinden von Morg-Peilsendern. Der Scanner war klein und passte in eine Hand. Ein kleines Licht zeigte das Vorhandensein von Morgtechnologie an. Je näher man kam, umso intensiver leuchteten die Dioden.

Mit diesem Gerät machte sich Lupo daran, seine komplette Gemeinde zu durchsuchen. Er begann bei Saura und fand tatsächlich den Peilsender. Aber er spürte noch zwei solche Sender in seiner Gemeinde auf.

Daraufhin analysierten die Syras die noch vorhandenen Kameraaufzeichnungen, die während des letzten Morg-Angriffs gemacht worden waren, und wurden fündig. Einige der eingedrungenen Morg waren anscheinend nur darauf aus gewesen, einige dieser Sender in den Privatquartieren der Syras zu platzieren. Darauf konnte sich niemand einen Reim machen, denn zum Zeitpunkt des Angriffs war noch gar nicht entschieden gewesen, dass die Syras nach Terra mitkommen würden. Also warum diese Aktion?

Hier halfen letztendlich die Wissenschaftler erneut, denn die fanden heraus, dass die Peilsender noch weitere Funktionen hatten. Neben der

Positionsmeldung konnten sie abhören und sogar eine Strahlung abgeben, die manipulativ auf die Syras wirken konnte. Eine letzte Funktion war dann noch die eines Funkgerätes.

Parallel zu den Untersuchungen der Geräte wurden die Syras intensiv befragt, bei denen Geräte gefunden worden waren. Besonders Saura. Doch er und die anderen Syras kannten alle den eigentlichen Zweck der Sender nicht. Saura war deshalb bei den Morg bekannt, weil er mit einem verschollen geglaubten Verwandten von ihm erpresst wurde, den Morg Informationen zu beschaffen, die diese wünschten und über die Sender anfordern würden. Nachdem aber auch klar wurde, dass niemand der spionierenden Syras dies mutwillig tat und alle massiv erpresst wurden, konnte Martin einen Deal mit Lupo und der Syras-Führung erreichen: Wenn die betroffenen Syras bereit wären, im Falle des Falles den Morg Infos zu geben, die vorab mit dem Rat abgesprochen worden waren, dann sollten die Syras nicht bestraft werden und damit auch die Panik innerhalb der Syras nicht weiter angeheizt werden. Zudem arbeitete die Wissenschaft daran, alle Kommunikationen zwischen den Morg und den Geräten mithören zu können.

Dies gelang eine Woche später. In dieser Woche konnte zudem ein zweites Schwesternschiff zur Freedom in Dienst gestellt werden. Mit den nunmehr drei Raumschiffen konnte bereits sichergestellt werden, dass sich niemand dem Planeten unbemerkt nähern konnte.

In den nächsten zwei Monaten blieb alles ruhig.

Kein Morg meldete sich an den Geräten. Drei weitere Raumschiffe wurden fertiggestellt und komplettierten die Raumverteidigung von Terra. Übungen zum Zusammenspiel zwischen der Freedom und ihren mittlerweile fünf Schwesterschiffen verliefen ausgesprochen gut.

Aufbau einer Verteidigung

Exakt drei Monate, nachdem man das Annähern des Morg-Raumschiffes entdeckt hatte, schlug der Computer der Freedom und der von zwei Schwesternschiffen Alarm. Es waren die Freedom 3 und die Freedom 4. Dadurch wusste Martin sofort, aus welcher Richtung die Raumschiffe kamen. Zudem wurde berechnet, dass diese Schiffe in etwa zwei Monaten bei Terra eintreffen würden.

In einer Sondersitzung des Rates präsentierte Martin seinen Verteidigungsplan.

»Ich denke, dass wir die Morg am ehesten im All bekämpfen können und auch sollten. Die Analysen des Morg-Schiffes hat ergeben, dass die Bewaffnung aller Schiffe von uns ausreicht, um deren Schilde zu durchdringen und sie zu zerstören. Deshalb plane ich, alle raumfähigen Abfangjäger auf dem Planeten in eigens hierfür zu schaffende Basen zu verteilen. Diese werden von je einer Einheit an Soldaten bewacht. Damit hätten wir vier Basen auf dem Planeten verteilt, um jederzeit überall eingreifen zu können. Wir müssen unbedingt verhindern, dass die Morg irgendwo landen.

Unsere sechs Raumschiffe bleiben vorerst getarnt im All. Ich schlage vor, folgende Höhlen als Basen auszubauen. Höhlen deshalb, weil dadurch sichergestellt ist, dass diese vom All aus nicht gesehen werden können. Zudem sollten wir diese auch jeweils mit einem Tarngenerator ausstatten.«

Martin zeigte nun auf einer Karte von Terra die ausgewählten Punkte. »Gibt es Fragen oder Einwände?«

Dogul hob seine Pranke und Martin erteilte ihm das Wort: »Dogul, bitte sprich!«

»Die Auswahl der Höhlen erscheint mir zumindest in dem Fall, der die Canäer betrifft, sinnvoll und ich für meinen Teil stimme dem zu. Sollten wir aber zusätzlich nicht doch, entgegen einem ursprünglichen Beschluss, weitere Reserveeinheiten bilden, um die Soldaten der Menschen und der Syras zu unterstützen und zum Beispiel Sicherungsaufgaben zu übernehmen?«

»Martin, die Canäer schließen sich geschlossen dem Vorschlag vom Dogul an. Der Standort ist weise gewählt, nur benötigen meine Soldaten Ausrüstung und etwas Ausbildung«, ergänzte Borm.

Sertuf hob nun ebenfalls einen Flügel und sprach: »Ich gehe davon aus, dass meine Soldaten dann den Luftraum um Terra sichern werden. Aber auch wir hätten noch gerne ein paar Waffen zur Ergänzung unseres Arsenals.«

Martin nickte dankbar, machte aber ein unglückliches Gesicht und sprach: »Es bewegt mich einerseits sehr, wie unsere Gemeinschaft zusammenhält und sich unterstützt, andererseits stimmt es mich traurig, Mitglieder eurer Gemeinden in Gefahr zu bringen, speziell im Falle der Eulas, da ihr noch wenige seid. Aber ja, wir werden eure Einheiten aufstellen, ausbilden und bestmöglich ausrüsten. Hauptmann Müller, machen Sie bitte einen Vermerk, dass wir zusammen mit Professor Mettler überlegen, die Stärken eines jeden Volkes mit dementsprechenden Waffen zu unterstützen.«

Der Hauptmann nickte und machte sich Notizen.

Am nächsten Tag bereits begannen die Bauarbeiten an den drei Höhlen, die zum einen Hangars für alltaugliche Fighter und zum anderen eine Art Kaserne für Piloten, Soldaten sowie Servicepersonal werden sollten. Parallel hierzu stellte Scotty die voraussichtlich am meisten gebrauchten Ersatzteile zusammen und ließ alle verfügbaren Maschinen nochmals komplett warten.

Nach zwei Wochen waren dann 234 Fighter einsatzbereit und vier weitere Flugmaschinen warteten als Reserve, sodass letztendlich in jedem nun fertigen Hangar 51 Maschinen nebst Ersatzteilen standen. Die Ausbildung der neu aufgestellten Einheiten war noch voll im Gange. Die Ausbilder meldeten Martin sehr gute Fortschritte, nur die Canäereinheit hatte hier noch Defizite, obwohl sie zwar sehr willig, aber doch etwas grobschlächtig agierten. Kraft war doch nicht überall alles. Hier allerdings half die Wissenschaft, die einmal schusssichere Westen für jedes Volk entwickelte, die einmal vor einem direkten Morgtreffer schützten und zum anderen an die jeweils physischen Eigenschaften angepasst waren. Dies war Martin sehr wichtig gewesen, um möglichst keine oder wenig Verluste hinnehmen zu müssen.

Drei Tage später wurde auch klar, dass vierzehn Raumschiffe in Richtung Terra unterwegs waren. Darunter waren anscheinend drei von der Größe der Freedom. Damit musste man mit mehreren Tausend Morg rechnen.

Allerdings war man nun vorbereitet und auch die Trainings konnten mit einem zufriedenstellenden Ergebnis beendet werden. Damit hatte die Völkerallianz etwa zweitausend Soldaten unter Waffen. Diese waren teilweise den physischen Erfordernissen der einzelnen Spezies angepasst worden. Damit konnten sich auch die Canäer deutlich zur Zufriedenheit der Ausbilder steigern und waren damit eine nicht zu unterschätzende Truppe.

Sebastian

Als eben alle Vorbereitungen getroffen waren, klopfte es an der Tür zu Martins Büro und Sebastian trat ein.

»Guten Morgen, Martin. Hast du etwas Zeit für mich?«

»Grüß dich, Sebastian, für dich doch immer. Was hast du auf dem Herzen?«

»Martin, du weißt, dass ich die Gegenwart der Wesen auf der Insel spüren kann und ich habe ja die Einladung erhalten, auf dieser Insel zu leben. Dieser Einladung möchte ich folgen und dorthin umsiedeln. Zudem könnte ich so ein Bindeglied zwischen den Katanern und der Völkergemeinschaft bilden. Was meinst du, lässt du mich ziehen?«

»Selbstverständlich lasse ich dich ziehen. Du bist ein gleichwertiges Mitglied unserer Gemeinschaft und von daher kann jeder tun, was er gerade möchte, solange dies nicht gegen die Gemeinschaft gerichtet ist. Nur dann glaube ich, wirst du wohl dein Stimmrecht im Rat verlieren, wenn du nicht mehr anwesend sein wirst. Also tu, was immer du meinst, tun zu müssen, und richte den Katanern und vor allem Kenan meine herzlichen Grüße aus.«

Damit war es entschieden und Sebastian packte seine wenigen Habseligkeiten und ließ sich von den Canäern zu der Insel bringen.

Der Tag war allerdings noch nicht zu Ende, denn

Martin wurde ins Kontrollzentrum unweit der Stadt gerufen.

Der diensthabende Offizier grüßte vorschriftsmäßig und meldete, als Martin eingetroffen war: »Herr General, die Morg haben Saura gerufen und wollen wissen, wie wir unsere Verteidigung organisiert haben. Saura ist nebenan und wartet darauf, was er antworten soll.«

Martin begab sich sogleich in den kleinen Besprechungsraum nebenan. Dort saß der Syras Saura neben Lupo an dem einzigen Tisch im Raum, vor ihm stand lediglich ein Kasten voll mit Elektronik ähnlich einem Desktop-PC früherer Tage sowie ein Mikrofon. Vor Lupo stand ein Glas Wasser.

Martin begrüßte die beiden Syras, setzte sich zu ihnen und sagte: »Saura, sag ihnen erst etwas, nachdem du nach dem Wohlbefinden deines Verwandten gefragt hast. Dann sag ihnen, dass wir mit dem Aufbau unserer Dörfer und der Zivilisation beschäftigt sind und lediglich unser großes Raumschiff den Planeten umkreist und wir ansonsten ahnungslos sind.« Und an den Offizier, der Martin gefolgt war, gewandt, meinte er: »Meldung an alle Raumschiffe, sich zu tarnen.«

»Jawohl, Herr General.«

Damit verschwand der Offizier und zurück blieben Martin sowie die beiden Syras.

Kurz darauf nahm Saura das Mikrofon, drückte den Knopf, so wie man es ihm vorher gezeigt hatte, und sprach ruhig, fast schon gelangweilt: »Hier Saura auf Terra, ich habe eure Frage erhalten, aber bevor ich antworte, möchte ich wissen, wie es Türre geht und wann ich sie wiedersehen kann.«

Nachdem Saura gesprochen hatte, konnte man lediglich ein leichtes Rauschen wahrnehmen, sonst nichts.

Es dauerte bestimmt drei Minuten, bis eine krächzende Stimme zu hören war: »Türre ist hier bei uns an Bord, der gehts noch gut. Noch, denn wenn wir die Informationen nicht bekommen, die wir fordern, dann kann sich das ganz schnell ändern. Also, was ist nun?«

Saura sah Martin fragend, ja fast flehentlich an und dieser nickte.

»Hier noch mal Saura. Die sind hier alle mit Aufbauarbeiten beschäftigt. Hier denkt niemand an etwas anderes.«

Wieder mussten sie alle einige Zeit warten. dann kam: »Gut, sehr gut. Dann wirst du sie aus ihrem Schlaf reißen, indem du irgendetwas sprengst und für Verwirrung sorgst. Das wird sie durcheinanderbringen und dann werden sie Fehler machen. Wir sind in zwei Wochen da und werden zuerst die Menschen auslöschen und dann den Planeten übernehmen. Mache deine Sache gut, dann werden du und Türre überleben. Aber noch eines: Gibt es diesen Martin noch?«

»Ja, den gibt es noch. Der hat jetzt das Sagen hier.«

»Das ist zwar nicht schön, macht aber nichts. Also, wir sehen uns in zwei Wochen. Ende.«

»Saura, das hast du gut gemacht. Ich glaube der Morg hat dir das alles abgekauft. Jetzt müssen wir nur noch etwas finden, was wir in die Luft jagen können und was auch vom All aus beobachtet werden kann.«

Damit war nun alles klar, alles war vorbereitet, alle Raumschiffe waren auf Position - getarnt - und warteten auf ihren Einsatz. Im Augenblick konnte man nicht mehr tun, als auf den ersten Schritt des Gegners zu warten.

Noch am Nachmittag dieses Tages klopfte es an der Tür von Martins Haus und Kenan, gefolgt von einem weiteren Kataner, wollten Martin sprechen. Nachdem Marina beide eingelassen und ins Wohnzimmer gebeten hatte, war auch schon Martin da, der sich gerade geduscht und umgezogen hatte.

»Hallo Kenan. Ich hatte nicht so schnell mit einem Wiedersehen gerechnet. Was kann ich für euch tun?«

»Martin, erst einmal danke, dass du Sebastian zu uns ziehen ließest. Aber da ist noch eine Warnung, die wir dir geben wollten.«

»Vor was möchtest du mich warnen?«

»Vor den Morg! Wir spüren eine Präsenz dieser Wesen hier in den Bergen auf Terra. Wo genau, können wir nicht sagen, aber sie sind da.«

Martin war sehr dankbar für diese Information, war aber andererseits auch bestürzt, dass es die Morg wohl geschafft hatten zu landen. Nachdem Martin sich bei Kenan und Karlin, einem Ältesten der Kataner, bedankt hatte, war diese kurze Zusammenkunft auch bereits beendet. Angebotene Getränke lehnten beide ab, da sie in Eile zu sein schienen.

Die nächsten Wochen wollten gar nicht vergehen und vor allem für Martin war die Warterei schier unerträglich.

So manches Mal fragte er Marina, wenn beide abends gemeinsam im Bett lagen: »Bitte denk nach, gibt es noch irgendetwas, was wir tun oder vorbereiten können? Haben wir an alles gedacht? Die Warterei macht mich noch ganz irre und zudem haben wir immer noch nicht die Morg auf Terra ausfindig machen können. Doch eines musst du mir versprechen: Wenn es aussehen sollte, dass die Morg hier in die Stadt eindringen könnten, dann nimmst du die Kinder und flüchtest zu den Eulas. Die werden euch verstecken, damit ihr in Sicherheit seid. Ich habe bereits mit Sertuf gesprochen. Bitte tue das, damit ich weiß, dass ich mir wegen euch keine Sorgen machen muss. Ich komme klar, wenn ich euch in Sicherheit weiß. Bitte versprich mir das und zögere nicht, wenn es so kommen sollte.«

Marina sah Martin angsterfüllt an, nickte aber und sagte ganz leise: »Ja, ich verspreche es dir, aber nur, wenn du alles tust, damit auch dir nichts passiert. Du weißt, dass wir nicht ohne dich sein können und wollen. Zudem könnte ich dann nicht mehr das tun, was ich gleich tun werde.«

Marina rutschte nach unten und dabei küsste sie ihren Mann überall auf dem Weg zu dem, was sie jetzt brauchte. Als sie ihn bereits in voller Pracht fand, entlockte dies ihr ein wohliges Stöhnen, was Martin ebenfalls mit einem wohligen Seufzer quittierte, als sie sein bestes Stück verwöhnte. Als sie merkte, dass Martin kurz vor einem Höhepunkt stand, setzte sie sich auf ihn und ritt ihn wild. Es brauchte nicht lange und beide kamen fast gleichzeitig. Damit aber nicht genug, denn Marina zog ihr T-Shirt nun aus und ließ Martin ihre Brustwarzen mit der Zunge verwöhnen. Das wiederum jagte ihr wohlige Schauer durch den Körper, bis sie neben Martin schwer atmend rutschte. Martin indes drehte sich etwas seitlich und drang so in seine Frau ein. Ein Stöhnen zeigte ihm, dass er sehr willkommen war.

So und in anderen Stellungen hatten beide noch einige Male Sex, bis es langsam hell zu werden begann. Martin rekelte sich und schmiegte sich ganz nahe an den nackten warmen Körper von Marina, deren Hand sich sofort auf seinen Arm legte und diesen zärtlich streichelte. Noch mit geschlossenen Augen begann Martin nun, an ihrem Hals zu knabbern und sie genoss dies hörbar. Dann plötzlich drehte Martin seine Frau auf den Rücken, krabbelte auf sie und war schon im Begriff einzudringen, als sie ihm Einhalt gebot.

»Stopp, mein Lieber. Du sollst ja rein, aber bitte langsam und mit einer guten Vorbereitung, denn ich bin etwas wund von gestern. Bin halt auch kein Teenager mehr, wo so etwas immer geht.«

Martin küsste sie daraufhin, lächelte und brummte nur, während er ihren Körper mit Küssen bedeckte: »Was für ein schöner Hinweis, dem ich doch zu gerne nachkomme.«

Direkt danach war er da, wo er hinwollte, und küsste ihre Scham. Martin schmeckte sich selbst, als seine Zunge zwischen ihre Schamlippen wanderte und hinauf bis zu ihrem Lustpunkt fuhr.

Spätestens jetzt war Marina bereit und zog ihn auf und in sich. Sie zuckte einmal kurz, als er in sie eindrang, allerdings genoss sie gleich darauf dieses bekannte unglaublich tolle Gefühl. Bereits nach kurzer Zeit steigerten sich ihre Gefühle und endeten in einem lauten Orgasmus.

Völlig ausgepumpt kuschelte sich Marina an Martin um etwas auszuruhen, als Jasmin und Sebastian ins Schlafzimmer stürmten und ins elterliche Bett sprangen. An Ruhen war nun nicht mehr zu denken.

Nach etlichem Toben und Kitzeln standen Marina und Martin auf, schickten ihre Kinder in die Zimmer, um sich anzuziehen. Marina wollte nur noch schnell duschen, als Martin hinter sie trat und fast wie von selbst in sie erneut eindrang.

Marina zuckte vor kurzem Schmerz und Martin sagte leise: »Geht wohl nicht mehr, schade.«

Aber Marina hielt ihn fest und befahl: »Wenn du ihn jetzt rausziehst, dann bin ich dir wirklich böse.« Sie drückte nun fester gegen ihn und orderte: »Los, fick mich endlich, du tust mir so gut.«

Das ließ sich Martin nur einmal sagen und stieß schneller und härter zu. Es dauerte nicht lange und Marina schrie vor Lust und etwas vor Schmerz.

Später erzählte sie den Kindern, dass sie sich heftig angestoßen hätte, was sehr weh getan hatte. Martin sah Marina am Frühstückstisch nur scharf an und sie wurde fast rot. Die vergangene Nacht, so anstrengend diese auch gewesen war, war eines der Highlights, die sie so liebte in der Ehe mit Martin.

Die Schlacht um Terra

Exakt nach zwei Wochen trafen 14 Raumschiffe im Orbit um Terra ein. Es waren drei sehr große und elf kleinere Raumschiffe. Eine Analyse des Computers der Freedom zeigte, dass alle Morgschiffe nur zu einem Zweck gebaut worden waren. Und dieser Zweck hieß Krieg.

Martin, der sich an Bord der Freedom und dort im Kommandozentrum befand, gab sogleich den entscheidenden Befehl: »Feuer auf alle Schiffe und nehmt euch die Großen als erstes vor.«

Da alle Raumschiffe der 4-Völker-Allianz getarnt waren, erschienen wie von Geisterhand plötzlich Geschoßspuren, die auf die Morgschiffe zuhielten.

Und die Geschosse trafen mehrheitlich. Von den Kleineren wurden sieben sofort zerstört und von den drei großen wurde eines schwer beschädigt. Allerdings verrieten die Geschoßspuren auch den Standort der Absender, denn sofort nach der ersten Salve erwiderten die Morg mit allem, was diese noch hatten. Auch sie trafen und zerstörten die Freedom3. Die Freedom selbst wurde zwar auch getroffen, aber die verstärkten Schilde hielten. Lediglich verloren sie ihre Tarnung. Damit stand die Freedom in ihrer ganzen Pracht für alle sichtbar im All. Sofort erfolgte eine zweite Salve von den verbliebenen Morgschiffen und die Freedom sowie die verbliebenen Mutterschiffe antworteten. Das bereits schwer beschädigte große Raumschiff der

Morg explodierte, ebenso zwei weitere kleinere Schiffe. Die Freedom und ein Schwesterschiff, die Freedom2, wurden auch getroffen. Der Schaden an der Freedom war groß. Sie verlor viele Schilde und eine Landebucht wurde schwer beschädigt. Daraufhin beorderte Martin zwei der nunmehr vier Basen auf dem Planeten zum Angriff auf die verbliebenen Morgschiffe.

Bereits wenige Minuten nach dem Startbefehl kamen sie. Es waren fast zweihundert Maschinen, die sofort die beiden kleineren sowie die beiden großen Schiffe der Morg attackierten. So dauerte es auch nicht lange, bis die beiden kleineren Raumschiffe explodierten und kurz darauf eines der beiden verbliebenen größeren. Direkt danach vernahm Martin auf der Freedom einen Funkspruch, der einem Hilferuf ähnelte.

»Hallo, ihr da auf dem Menschenraumschiff, hört ihr uns?«

Natürlich hörte Martin den Funkspruch und sofort ließ er die Jäger abziehen und in ihre Basen auf Terra zurückkehren. Dann erst wurde die Sprechverbindung aufgebaut und Martin konnte sprechen.

»Freedom an das übrig gebliebene Morgschiff … Wir akzeptieren eure Kapitulation, und zwar bedingungslos.«

»Kapitulieren? Niemals!«

»Ich glaube, ihr habt den Verlauf der Schlacht verschlafen, denn sonst wüsstet ihr, dass ihr das letzte nicht zerstörte Morgschiff seid. Ergebt euch bedingungslos oder ich lasse euch auch zerstören.«

»Das würde ich mir noch einmal überlegen, denn wenn wir uns nicht regelmäßig melden, dann wird unsere Hauptflotte mit euch auf die brutalste nur denkbare Weise umgehen, geschweige denn mit dem Planeten und seinen Bewohnern.«

Martin wollte schon lachen, aber dieses Lachen blieb ihm im Hals stecken, als Thomas, der sich auch gerade auf der Freedom im Kommandozentrum befand, mit einem Tablet auf Martin zukam und auf den Computer deutete und leise sagte: »Die haben leider recht. Sie sind nur die Vorhut. Da kommen noch viele mehr. Laut Computer, der sie gerade erst entdeckt hat, sind es 60 bis 70 Schiffe. Welche Größe die einzelnen Schiffe haben, wissen wir noch nicht. Dazu sind sie noch viel zu weit weg.

»Wann sind die hier?«

»Laut Computer in etwa zwei Monaten.«

»Dann müssen wir bis dahin unsere Flotte ebenfalls erweitern.«

»Freedom an feindliches Schiff! Nun, wie steht es jetzt mit der Kapitulation? Aufgeben oder Sterben? Mehr Optionen habt ihr nicht.«

»Wo könnten wir auf dem Planeten landen? Und garantiert ihr mir und meinen Leuten, uns anständig zu behandeln?«

»Ja, das kann ich dir zusagen. Ihr werdet lediglich festgesetzt. Den Landeplatz lasse ich dir gleich übermitteln.«

Sofort baute Martin eine Verbindung zu Scotty auf und fragte ihn: »Wie viele Schwesternschiffe mit einer Tarnvorrichtung und viel Feuerkraft kannst du in zwei Monaten bauen?«

»Ich kalkuliere das durch und melde mich dann.«

Martin ließ danach noch die Koordinaten zu einem Feld weit weg von jeglicher Behausung übermitteln. Dieses Feld im Blütenblatt der Menschen war für die Landwirtschaft nicht geeignet, sodass dieser Standort ideal erschien. Martin beorderte mehrere Fuchs sowie zwei Kompanien mit fast 200 Mann dorthin. Zwei Fuchs wurden mit Störsendern ausgestattet, damit verhindert werden konnte, dass die Morg von dort Nachrichten absetzen konnten.

Nachdem alles auf den Weg gebracht war, kam die Antwort von Scotty: »Martin, ich weiß, dass du immer Wunder verlangst. Also, ich kann dir sechs Raumschiffe bauen, die alle Erfordernisse für einen Krieg erfüllen, auch wenn diese eine abgespeckte Version der derzeitigen Schwesternschiffe sein werden. Aber ich möchte auch etwas dafür.«

»Scotty, was willst du?«

»Ich möchte lediglich die Erlaubnis, diese eine kleine geheime Höhle im Planquadrat D4 auszubauen.«

»Scotty, warum das denn?«

»Wie du dir denken kannst, werden sehr viele Rohstoffe zum Bau dieser Raumschiffe benötigt. Dort könnte ich zum Erweitern der Höhle die Schürfer einsetzen. Dort findet sich alles, was wir brauchen. Dann werde ich lediglich ein massives Hangar-Tor einbauen und fertig wäre eine für alle unbekannte Fertigungsstätte für allerlei Dinge. Einen Nebeneingang für Menschen und kleinere

Dinge existiert dort bereits durch die Natur. Ebenso eine Quelle. Ich werde dort einen Fertigungsroboter installieren sowie später einige Jäger und Soldaten, sobald das geht. Ich zeige dir gerne den Standort, denn der ist perfekt als geheime Basis oder als sicherer Rückzugsort, denn er ließe sich auch leicht verteidigen. Sieh es dir an, du wirst auch begeistert sein.«

Martin überlegte kurz und noch unter dem Eindruck der näher rückenden Armada des Feindes sagte er zu. Scotty war kein Fantast. Daher kaufte Martin Scotty alle Informationen hundertprozentig ab.

»Gut, okay, genehmigt, aber du zeigst mir alles bei nächster Gelegenheit.«

»Jawohl und danke.«

Nachdem das Gespräch mit Scotty beendet war, widmete sich Martin wieder dem zu internierenden Raumschiff der Morg, welches sich bereits im Landeanflug auf das ihm zugewiesene Feld befand. Martin begab sich daraufhin zurück auf Terra und zum Landeplatz. Dort war alles zu seiner Zufriedenheit vorbereitet und so wartete man auf die Ankunft des Morg-Schiffes.

Als dieses in Sicht kam, bemerkte Martin die beträchtlichen Schäden und wunderte sich, dass dieser Schrotthaufen überhaupt noch flog. Beim Näherkommen sah man freiliegende Bereiche, bei denen die Außenhülle bereits fehlte. Dann war das Morg-Schiff gelandet. Dabei brach eine der Landekuven ab, sodass der Weltraumschrott an einer Seite über dem Boden schwebte. Bald darauf wurde eine Art Ladeluke geöffnet und die Morg stiegen aus. Alle waren militärisch gekleidet und versuchten mehr oder weniger erfolgreich, im Gleichschritt aus ihrem Schiff zu marschieren.

Martin, der an einem der Wachfuchs stand, trat einen Schritt vor, mit einem Übersetzer um den Hals hängend, und rief: »Wer ist euer Anführer?«

Ein Morg trat daraufhin vor und antwortete: »Das bin ich. Mein Name ist Farug.«

»Farug, ist eure Königin oder eure Heiligkeit Aulum an Bord?«

»Aulum? Den gibt es nicht mehr. Der ist in Ungnade gefallen und nach der Scheidung hingerichtet worden.«

»Thomas, lass die Morg-Soldaten in den Gefängnisbereich bringen und du, Farug, du kommst mit mir.«

Damit wurden insgesamt etwa 130 Morg in einen abgezäunten Bereich nahe des Landeplatzes gebracht, welches mit einem Kraftfeld und insgesamt sechs Fuchs gesichert war.

Martin ließ sich mit Farug auf die Freedom verbringen und dort in sein Büro. Fünf stattliche Wachsoldaten begleiteten sie. Dort angekommen begann sogleich die Befragung und auf Terra übernahmen Wissenschaftler das Morg-Raumschiff, um alles an Technik zu verstehen und um mögliche versteckte weitere Morg zu finden.

»Farug, warum wollt ihr einen Krieg gegen uns führen?«

»Unsere Königin Aurea ist derart in ihrer Ehre gekränkt, dass sie ein Angebot unseres Schwesternvolkes angenommen hat, Terra und diesen sagenumwobenen Planeten zu erobern und unsere beiden Völker wieder zu vereinen. Die Ostmorg haben vor mehr als 50 Jahren Gorn verlassen, um auf einem anderen Planeten Namens Mosson neu anzufangen, da Gorn nicht mehr lebenswert war. Damit hat sie die Möglichkeit, sich bei euch und den Syras zu rächen sowie für die Zukunft unserer Völker eine schöne neue Heimat zu erobern.«

Martin musste zugeben, dass dies alles aus Sicht der Morgkönigin sogar logisch klang.

»Wieso aber hattet ihr gerade jetzt wieder Kontakt zueinander?«

»Das ist einfach, denn wir besuchen uns regelmäßig gegenseitig und bei einem solchen Besuch wurde die Allianz gegen euch besiegelt. Hinzu kommt, dass wir auf Mosson über viel mehr Rohstoffe verfügen und deshalb auch viel mehr Raumschiffe bauen konnten. Unsere Wissenschaftler auf Mosson sind auch erfinderischer. Von daher ist die Technik auch deutlich besser.«

»Deinen Ausführungen entnehme ich, dass du von Mosson stammst?«

»Ja, das stimmt.«

»Und jetzt sollt ihr den Krieg für die Königin eines anderen Planeten führen?«

»Wenn du so willst, ja, aber sie ist auch unsere Königin. Wir leben zwar auf zwei Planeten, sind aber ein Volk.« Bei Farugs letztem Satz richtete er sich vollends auf, um dem Ganzen noch mehr Nachdruck zu verleihen. »Was passiert aber nun mit mir und meiner Besatzung?«

Martin überlegte kurz und gab dann seine Entscheidung bekannt: »Ihr bleibt erst einmal unsere Gefangenen, bis wir eure Flotte vernichtet haben.

Ich hoffe nur, dass Aurea mit an Bord eines eurer Schiffe sein wird, damit der Krieg hinterher auch ein für alle Mal beendet sein wird, denn wir wollten diesen Krieg nicht, sondern nur Aurea.«

Martin sah, dass Farug fast unmerklich nickte. Damit wurde ihm auch klar, dass dieser Kriegswunsch nicht unbedingt von jedermann im Volk der Morg geteilt wurde.

Martin beendete nun die Befragung und ließ Farug zu seinen Leuten auf Terra bringen. Danach begab sich Martin in die Kommandozentrale der Freedom und fragte den befehlshabenden Offizier: »Wisst ihr schon mehr über die anfliegenden Schiffe?«

»Nein, nicht viel mehr. Nur dass es 64 Schiffe sind und dass sie in siebeneinhalb Wochen hier sein werden. Details zu den Schiffen haben wir leider nicht, da diese noch zu weit weg sind.«

Martin nickte, noch in Gedanken ob der drohenden Gefahr. Sein Gehirn arbeitete auf Hochtouren. Was konnte er tun, um diese Gefahr abzuwenden?

Allerdings fiel ihm kein besserer Plan ein, als die ankommende Flotte getarnt zu empfangen und mit dem Erstschlag so viele Schiffe wie möglich auszuschalten.

Später auf Terra traf sich Martin mit Oberst Meier, dem Chef aller fliegenden Einheiten. Beide besprachen, dass die Jäger, die von Terra aus angreifen würden, sich zuerst die kleineren Schiffe der Morg vornehmen sollten und die Freedom sowie ihre Schwesternschiffe, die größeren. Diese Taktik schien beiden am effektivsten.

Danach wollte Martin sehen, was Scotty alles

geleistet hatte. Zu diesem Zweck fuhr er zu der neuen Basis und war völlig erstaunt. Aus der vorher unscheinbaren Höhle war ein riesiger Hangar geworden, in dem sechs kleinere Raumschiffe im Rohbau standen, an denen bestimmt zweihundert Mann arbeiteten. Auf der Seite konnte er viele Regale voll mit Ersatzteilen, ähnlich denen in den Hangars auf der Freedom, sehen.

»Martin, ich habe alle Ersatzteile von der Freedom hierherbringen lassen und werde aus denen weitere 25 Jäger bauen, sobald die neuen Schwesternschiffe der Freedom fertig sind. Dort hinten kannst du die Unterkünfte der Wachsoldaten, der Piloten sowie der Techniker sehen. Zudem hätten wir noch Platz für etwa 100 Zivilisten, die hier Schutz finden könnten. Die Anlage ist so gut getarnt und kann auch mit einem Kraftfeld geschützt werden, dass man schon direkt davorstehen muss, um sie zu sehen. Was meinst du? War doch eine tolle Idee, hier etwas aufzubauen, oder nicht?«

Martin bemerkte natürlich, dass Scotty sehr stolz auf sein Werk war, und sagte deshalb: »Ja, Scotty, das war wirklich eine klasse Idee. Dank dir dafür. Aber wann werden die Raumschiffe einsatzbereit sein?«

»Die ersten beiden da rechts werden bereits nächste Woche in Dienst gestellt und getestet werden. Danach folgen die anderen jeweils eine Woche später, sodass in fünf Wochen alle verfügbar sein werden. Zwei Wochen später können dann auch die Jäger eingesetzt werden. Das wird eine große Überraschung für die Morg werden.«

»Schön, aber hoffentlich kommt die Morgflotte

nicht früher, sonst hätten wir wirklich Probleme.« Martin versuchte, sich ein Lächeln abzuringen. Allerdings wurde es etwas schief.

»Martin, eines möchte ich dir aber noch zeigen. Komm bitte mit.«

Scotty ging in den hinteren Bereich der Anlage und stieg dort eine Treppe nach, die in eine Art Obergeschoss führte. Dort angekommen führte Scotty Martin zu einer Art Lafette.

»Was willst du mit dieser Kanone, Scotty? Die Schlacht findet im Weltraum statt. Da können Kanonen nicht helfen.«

»Falsch, Martin. Dieses Ding ist eine Kanone, die unsere Wissenschaft und die der Syras entwickelt hat. Die Idee dazu habe ich in der Datenbank der Freedom gefunden. Das Ding kann von der Freedom aus markierte Ziele im All bekämpfen. Die Geschosse wirken ähnlich den Torpedos der Freedom und haben eine sehr zerstörerische Wirkung. Vorteil ist, dass du keine Piloten und lediglich ein Raumschiff brauchst, um Ziele zu markieren. Wir machen gleich einen ersten Test. Dazu werden wir eine Raumfähre opfern, aber ich denke, dass es das wert ist. Martin, willst du zusehen?«

»Natürlich will ich das sehen, denn wenn das funktioniert, hätten wir wirklich eine Waffe, die den Unterschied ausmachen könnte.«

Nun folgte Martin Scotty in einen seitlich gelegenen Raum auf diesem Stockwerk. Kaum drinnen, staunte Martin nicht schlecht. Er befand sich in einem perfekt ausgestatteten Kontrollzentrum. An den Pulten und Konsolen erkannte Martin die Männer und Frauen der Freedom wieder, die dort drei Schichten abdeckten, nun aber hier ihren Dienst taten. Martin stand fast der Mund offen, als er von Scotty aus seinem Zustand gerissen wurde.

»Nur mehr Personal könnte ich noch brauchen und entschuldige, dass ich dieses Personal abgezogen habe, aber nachdem der Aufbau hier aus den Ersatzteilen von und für die Freedom so gut funktioniert hat, brauchte ich auch Bedienpersonal. Hiermit bitte ich dich nachträglich um deine Genehmigung.«

»Und das funktioniert alles?«

Scotty grinste und nickte. »Das werden wir gleich sehen während des Tests.«

»Wenn das wirklich alles passt und der Test klappt, dann ist dir eine Ehrung aller Völker hier auf Terra sicher und die nachträgliche Genehmigung hast du dann auch.«

Martin setzte sich auf einen Stuhl, den man ihm hingeschoben hatte, und konnte auf einem Monitor sehen, wie eine ältere Raumfähre aus dem Hangar abhob. Scotty lieferte dazu Erklärungen.

»Die Fähre, die du da siehst, hat einige Macken und wir konnten diese nur mit Mühe wieder flugtauglich machen. Zudem haben wir sie mit einer Fernbedienung ausgerüstet und der Kollege hier vorne fliegt sie jetzt von hier aus. Also kein Lebewesen kommt zu Schaden.«

Martin konnte verfolgen, wie die Fähre die Atmosphäre von Terra verließ und auf die Freedom zuhielt. Kameras in und an der Fähre zeigten alles deutlich. Kurz vor der Freedom bog sie dann nach links und flog ein gutes Stück weg von der Freedom.

»Martin, das dürfte genügend Abstand zur Freedom sein. Henri, wie weit weg ist das?«

»Das sind 270 Kilometer«

»Ja, das reicht.«

»Scotty an Freedom. Markiert jetzt das Ziel.«

Als Rückmeldung von der Freedom kam nur: »Erledigt, Ziel ist markiert.«

»Martin, möchtest du bitte jetzt den Befehl zum Abschuss geben?«

Martin nickte und befahl: »Feuer!«

Sofort drückte Scotty einen Knopf und Martin konnte hören, wie von der Waffe ein Brummen ausging, bis plötzlich ein Knall ertönte.

»Die Waffe hat sich geladen und gefeuert«, kam als Erklärung von Scotty.

Martin konnte nun auf einem Monitor verfolgen, wie ein Lichtbündel in den Himmel von Terra schoss, die Atmosphäre verließ und auf die Fähre zuhielt. Dann wurde diese getroffen und explodierte.

»Klasse Treffer«, rief Martin erfreut aus. »Können die Geschosse auch ein Objekt zerstören, das durch Schilde geschützt ist?«

»Ja, denn die Fähre hatte auch einen aktivierten Schild.«

»Wie oft kann das Ding feuern?«

»Drei bis viermal pro Minute.«

»Wie schnell kannst du mir mehr Kanonen bauen und können die Ziele auch von den Schwesterschiffen der Freedom aus markiert werden?«

»Ich kann dir noch drei oder vier diese Woche liefern, denn die Dinger sind schnell gebaut.«

»Gut, dann produziere für jede Basis auf Terra

zwei Stück mit den dazugehörigen Steuerinstrumenten und Munition.«

»Jawohl, mache ich und danke für dein Verständnis, dass ich dich nicht vorab gefragt habe, aber ich wollte zuerst sichergehen, dass alles funktioniert.« Scotty grinste über das ganze Gesicht, als er das sagte.

In den nächsten Tagen war betriebsame Hektik rund um die neue Basis von Scotty gegeben. Martin rief die Oberhäupter der anderen Völker zu sich und informierte sie, da er nicht heimlich aufrüsten wollte, obwohl dies so nicht abgesprochen war. Allerdings waren die anderen eher froh als bestürzt ob der drohenden Gefahr, denn nun hatten sie wirklich eine wirksame Waffe gegen den heranrückenden Feind. Hoffnung verbreitete sich unter den Führern der Völker, wo bislang Angst geherrscht hatte.

In den nächsten Wochen hieß es, zu warten und die Vorbereitungen abzuschließen. Martin führte noch einige Gespräche mit Farug, um noch mehr über das Vorhaben der Morg in Erfahrung zu bringen. Scotty und seine Leute arbeiteten mit Hochdruck an den Raumschiffen und den Kanonen. Pünktlich, so wie er es versprochen hatte, stellte er zwei Raumschiffe fertig und testete diese erfolgreich. Parallel dazu wurden auf der Freedom mehrere Dutzend Menschen, Syras sowie auch drei Eulas ausgebildet, ein Raumschiff zu fliegen und zu bedienen, denn hier hatte die Gemeinschaft Bedarf, zumal 20 aus dem Kreis der Befähigten mit der Zerstörung von zwei Schwesternschiffen der Freedom anlässlich der Schlacht mit dem

Vorauskommando gefallen waren. Verluste in einem Krieg, den niemand in der Völkergemeinschaft wollte.

Die Zeit verging und die Morgflotte war nur noch drei Wochen entfernt. Alle Basen waren mittlerweile mit Kanonen ausgestattet und neben der Basis von Scotty waren zusätzlich fünf Kanonen in einer geschützten Bergniesche aufgestellt worden, damit möglichst viel Schaden bei den Morg angerichtet werden konnte. Die Bevölkerungen wurden instruiert, Schutzräume in den Basen bei Alarm aufzusuchen. Dies wurde auch geprobt und jedes Mal ein wenig besser.

Martin hatte in diesen Tagen leider nur sehr wenig Zeit für seine Familie, denn er kam immer sehr spät nach Hause und schlich sich dann ins Bett zu Marina. Er meinte zwar, dass sie es nicht merken würde, aber sie registrierte es fast jedes Mal. Sie sah ihren Martin fast nur noch bei einem kurzen Frühstück und bemerkte, wie gestresst er aussah.

›So kann das nicht weitergehen‹, dachte sie bei sich und überraschte Martin, als dieser wieder sehr spät in ihr Bett schleichen wollte.

»Hallo, mein Lieber, aber heute kommst du mir nicht aus«, und griff Martin fest an seine Hoden. »Die müssen und werden jetzt geleert, damit der Inhalt nicht schlecht wird. Auf gehts oder willst du deine Frau nicht mehr?« Schon war Martin abgedeckt und Marina setzte sich auf ihn und präsentierte ihm ihre schlanke hinreißende Figur.

»Das alles ist stark vernachlässigt, also tu was dagegen.« Während sie dies sagte, hatte sie sein bestes Stück fest im Griff und seine sofortige Reaktion zeigte ihr, dass auch er wollte.

»Aber hallo, so gefällt mir das. Und jetzt ist eine Leerung angesagt«, murmelte Marina und setzte sich ganz auf ihn.

Nach einem kurzen, aber heftigen Ritt schrie Marina ihren Orgasmus schier heraus, bis sie selbst merkte, wie laut sie war, und sofort abbrach, indem sie sich ihre Hände vors Gesicht hielt. Dann stieg sie ab. Jetzt war aber Martin in Fahrt, deutete auf seinen Orgasmus-Bringer und meinte nur: »Na ja, eine Leerung sieht aber anders aus.«

Marina sagte nichts, nickte nur kurz und stürzte sich dann auf den ihr dargebotenen Phallus. Sie saugte und liebkoste sein bestes Stück, bis sich plötzlich ein Schwall warmen Samens über ihre Brüste ergoss.

»Meinst du, dass deine Eier jetzt leer sind?«

Martin schüttelte den Kopf und Marina setzte sich wieder mit einem Satz auf ihn und gab ihrem Martin die Sporen. Dieses Mal war es Martin, der heftig kam, und Marina kurz darauf. Sie stieg daraufhin ab und stellte sich auf das Bett über Martin und ließ das, was Martin ihr gerade hinterlassen hatte, auf dessen Brust tropfen.

»Das sind bestimmt hundert Kinder, die wir noch haben könnten, oder was meinst du?«

»Willst du noch mal ein Kind?«

»Tja, in der letzten Zeit habe ich öfter diesen Gedanken und wenn nicht jetzt, dann wird es bald nicht mehr gehen. Ich werde auch nicht jünger.«

»Na, dann lass uns noch eines zusammen machen und danke, dass du mich mit der Aktion gerade daran erinnert hast, für was ich das alles hier in der letzten Zeit mache und dass es noch etwas anderes gibt als nur Arbeit.«

Martina lächelte und sagte nur: »Nachschlag? Damit du das nicht wieder vergisst?«

Martin packte seine Frau an den Hüften und schmiss sie zur Seite und war im Nu über ihr.

»Wie konnte ich nur vergessen oder besser in den Hintergrund drängen, was für eine tolle Frau ich doch habe, mein Schatz.«

Danach liebte er Marina heftig und beide hatten eine tolle Zeit, bis sich Hauptmann Müller meldete und schlechte Nachrichten im Gepäck hatte.

»Herr General, der Feind hat sich aufgeteilt und es sind jetzt noch mehr Schiffe im Anflug.«

»Wie das denn, Müller?«

»Ganz einfach. Zuerst haben sich die anfliegenden Schiffe in zwei Gruppen getrennt, dann ist eine dieser Gruppen langsamer geflogen.«

»Und wie kann es sein, dass es jetzt mehr Schiffe sind?«

»Bedingt durch die Trennung in zwei Gruppen wurde hinter den beiden Gruppe noch eine dritte Gruppe, bestehend aus etwa 50 Schiffen, sichtbar. Deren Signale sind wohl auch durch die große Entfernung verdeckt gewesen. Also jetzt sind über 100 Morgschiffe im Anflug, soweit es der Langstreckenscanner sehen kann.«

»Das sind wirklich schlechte Nachrichten. Müller, fahren Sie mich bitte zuerst zu den Gefangenen. Ich will noch mal mit Farug sprechen. Danach gehe ich auf die Freedom. Aber bitte noch einen Moment, ich mache mich nur noch schnell fertig.«

»Und ich?« maulte Marina. »Wann machst du

mich noch mal so schön fertig wie eben?«

»Heute Abend stehe ich zu allem bereit, aber jetzt muss ich mich um die neue Lage kümmern.«

»Schon gut und ich dachte, du weißt jetzt wieder, was zuhause auf dich wartet.«

Martin nahm Marina in den Arm, küsste sie zärtlich und sagte leise: »Das tue ich und werde es auch nicht mehr verdrängen. Ich beweise es dir heute Abend. Da bekommst du alles, was drin ist, und vielleicht reicht es ja für ein Kind.«

Dann sprang Martin schnell unter die Dusche, stellte diese eiskalt, damit er sicher komplett wach sein würde, und zog sich rasch an.

»Frühstück muss heute ausfallen, Liebling. Gib den Kindern einen Kuss von mir. Ich freue mich auf heute Abend. Tschüss.«

Damit verließ er sein Haus und ging geradewegs auf den Jeep zu, in dem ein Fahrer und Hauptmann Müller saßen.

Als Martin saß, gab Müller dem Fahrer den Befehl: »Fahren Sie uns zum Gefangenenlager.«

Gleich darauf brauste das Fahrzeug los.

Der Kampf um die Freiheit

Beim Gefangenenlager angekommen, drehte sich Martin, nachdem er ausgestiegen war, zu Müller und sagte: »Rufen Sie mir bitte den großen Rat zur Mittagsstunde zusammen, damit ich allen die neue Lage erläutern kann.«

Hauptmann Müller nickte und schon fuhr der Jeep wieder davon. Martin indessen ging direkt auf das Wachhäuschen zu, das man zum Schutz vor eventuellem Regen aufgestellt hatte. Dort meldete er sich beim wachhabenden Feldwebel, der sofort von seinem Tisch aufstand und militärisch grüßte.

»Feldwebel, ich möchte Farug sprechen. Wo könnte ich dies ungestört tun?«

»Herr General, die einzige Möglichkeit, die wir haben, ist hier. Nicht sehr komfortabel, aber trocken und einigermaßen sauber. Ich gehe raus und lasse dir den Gefangenen bringen.«

»Ja, Feldwebel so machen wir das.«

Bereits wenige Minuten später klopfte es und zwei Wachsoldaten öffneten die Tür und stießen den Gefangenen hinein, sodass er stolperte und fast stürzte.

Martin erhob sich von dem Stuhl, auf dem vorher der Feldwebel gesessen hatte, und half Farug auf den zweiten Stuhl am Tisch gegenüber.

»Soldat, behandelt ihr Gefangene immer so

grob?«

Der Soldat erkannte jetzt, wer gesprochen hatte, nahm sofort Haltung an, setzte eine schuldbewusste Miene auf und antwortete: »Normalerweise nicht, aber wenn die Gefangenen einem nach dem Leben trachten, …«

Weiter kam er nicht, denn nun polterte Martin los, der gute Stimmung bei Farug machen wollte: »Trotzdem behandelt man auch den Feind mit Achtung. Verstanden?«

Der Soldat nickte und verließ dann sofort den Raum, indem er noch seinen Kameraden mit sich zog.

Als dann die Tür geschlossen war, begann Martin: »Entschuldige, Farug, das schlechte Benehmen des Soldaten, aber so wie ich eure Königin kennengelernt habe, würde es mir bei euch sicher nicht besser ergehen, oder?«

»Hallo General, ich bin überrascht, dich so schnell wiederzusehen.«

»Dasselbe gilt auch für mich, aber aktuelle Entwicklungen zwingen mich, mit dir zu sprechen.«

»Welche Entwicklungen?«

»Eure Flotte hat sich geteilt.«

»So so, dann hat sie sich doch durchgesetzt.«

»Wer ist ›sie‹ und was hat sie durchgesetzt? Wie darf ich das verstehen?«

»Na ja, Aurea, unsere Königin, halt.«

»Gegen Ferom?«

»Nein, Ferom lebt nicht mehr.«

»Was ist passiert?«

»Ferom hatte versucht, die Abwesenheit von Aurea auszunutzen und die Macht an sich zu reißen.

Zudem, und das solltest du wissen, hat er den letzten Angriff auf die Syras befohlen. Bei diesem Angriff sind 70 Prozent der Soldaten gefallen und ihr habt die meisten Raumschiffe vernichtet. Nur die Allianz mit uns hat Aurea wieder kampffähig gemacht, denn wir besitzen eine große Flotte.«

»… und die ist jetzt auf dem Weg zu uns.«

»Richtig, und wird euch vernichten.«

»Aber ihr werdet alle Raumschiffe verlieren, so wie du dein Vorauskommando verloren hast. Und was wird Aurea sagen, wenn sie das erfährt?« Jetzt wollte Martin Farug in die Enge treiben, um vielleicht etwas zu erfahren. »Wird sie dich mit dem Leben davonkommen lassen? Oder wird es dir wie Ferom ergehen?«

»Das wird sie nicht wagen!«

Martin schien einen wunden Punkt getroffen zu haben, denn Farug war jetzt ziemlich erregt.

»Warum nicht wagen? Nur weil du Farug bist oder warum? Aurea ist wohl nicht gnädig gegenüber denjenigen, die in ihren Augen versagt haben nach allem, was ich über sie weiß. Und rachsüchtig ist sie auch.«

Farug nickte fast geistesabwesend und war tief in Gedanken versunken.

»Trotzdem kann sie es nicht wagen, denn ich bin der Vizekönig und war ihr all die Jahre treu.«

»Ich glaube kaum, dass das reichen wird. Und Vizekönig? Verstehe ich das richtig, dass du der oberste Morg auf dem zweiten Planeten warst?«

»Ja, so ist das.«

»Trotzdem wird das möglicherweise nicht reichen, fürchte ich.«

Martin erhielt auf seine letzte Bemerkung keine Reaktion mehr. Martin glaubte, dass Farug ihm wohl insgeheim recht gab. Aber Martin wollte mehr Informationen haben vom Plan der Morg.

»Deine Zukunft sieht also nicht besonders rosig aus, wenn man die Rachsucht deiner Königin in Betracht zieht. Gibt es etwas, was ich dir geben kann, damit du für dich eine Option hast?«

Farug war sichtlich überrascht von Martins Angebot und man sah ihm an, dass er nachdachte.

»Was würdest du im Gegenzug von mir verlangen?«

»Das ist einfach: Du verrätst mir euren Plan zur Eroberung von Terra.«

»Den kann ich dir leicht verraten, aber das würde euch auch nichts helfen angesichts der Übermacht, die auf euch zukommt.«

»Versuche es doch einfach und wenn du recht hast, besitzt du eine Option, wenn es für dich schlecht laufen sollte. Zudem wäre es kein Verrat, wenn wir ohnehin verlieren, wie du sagst, aber wir sind erfinderisch und vielleicht fällt uns doch etwas ein.«

Farug dachte wieder nach und dann offenbarte er sich doch: »Martin, du hast recht und Aurea ist sehr rachsüchtig, wenn Dinge nicht so laufen, wie sie es will. Ich gebe dir die Informationen, aber die werden euch nicht viel helfen. Es kommen wahrscheinlich einhundert Raumschiffe auf euch in zwei Wellen zu. Die erste hat etwa die doppelte Größe meines Vorauskommandos. Diese Gruppe wird sich aufteilen, um euer Raumschiff zu vernichten. Während ihr in einem Abwehrkampf steckt, wird die zweite Welle direkt Terra ansteuern, dort landen und einen Brückenkopf errichten. Wir haben einen Spion in euren Reihen. Er wird ein oder mehrere Militäreinrichtungen sprengen. Wir werden dort angreifen und der Ausgang ist dann nur noch eine Frage von etwas Zeit. Das ist schon alles.«

»Wie viele Soldaten habt ihr an Bord eurer Schiffe?«

»Etwa 10.000, aber warum willst du das wissen? Es spielt eigentlich keine Rolle.«

»Also gibt es später 10.000 Morg zu begraben. Schade eigentlich, so viel Leben auszulöschen.«

Farug lachte, denn er schien sich seiner Sache sehr sicher zu sein.

»Und was erhalte ich nun als Gegenleistung?

»Asyl hier auf dem Planeten.«

»Und meine Leute?«

»Für die auch.«

Martin kannte nun den Plan der Morg, auch wenn Farug tatsächlich recht haben könnte angesichts der vielen Raumschiffe, aber in Martin kam eine Idee auf, die sich zu durchdenken lohnte.

Martin beendete daraufhin die Unterredung mit Farug und ließ sich direkt auf die Freedom transportieren. Dort begab er sich in sein Büro und skizzierte seine Idee, die er dem Rat später nahebringen und mit ihm verfeinern wollte.

Es dauerte nicht lange und die Oberhäupter der drei anderen Völker kamen. Da sie letztendlich nur eine kleine Gruppe waren, blieben sie in Martins Büro.

Als erstes ließ sich Martin im Beisein der

Oberhäupter den neuesten Stand zur Morg-Flotte geben. Als Ergebnis kam heraus, dass die erste Welle Terra in zwei Wochen erreichen würde, die zweite danach eine Woche später.

Somit war nun jeder zum aktuellen Stand informiert und danach berichtete Martin vom Plan der Morg und den Weltraumkanonen von Scotty und den Wissenschaftlern. Die Freude und Überraschung war groß unter den Ratsmitgliedern. Sertuf von den Eulas war der einzige, der diesbezüglich bereits etwas geahnt hatte.

»Martin, Kollegen, ein Krieger von mir hat anlässlich eines Kontrollfluges gesehen, wie Kanonen bei unserer Basis installiert wurden, und hat mir davon berichtet. Jetzt weiß ich dann auch, für was die sind. Aber das ist gut so, denn erstens wissen die Morg nichts von dieser Waffe und zweitens helfen die Dinger, Raumschiffe zu sparen, und wir können trotzdem die Morg vernichten.«

»Sertuf, du hast völlig recht. Aber lasst uns jetzt zu meinem Plan kommen, den ich mit euch teilen möchte. Bitte durchdenkt mit mir alle Details. Unser aller Leben und Freiheit steht auf dem Spiel. Also, ich habe mir gedacht, dass unsere Jäger und ihre Schwesternschiffe den Abwehrkampf gegen die erste Welle nur insoweit unterstützen sollen, dass die Freedom nicht zerstört wird. Wenn dann die zweite Welle da ist, dann sollen sich alle Jäger und alles andere um diese Raumschiffe kümmern. Die dürfen nicht auf Terra landen!«

Es war still geworden im Raum, denn alle arbeiteten Martins Plan durch. Sertuf war der erste, der etwas dazu sagte.

»Mit den Kanonen haben wir eine zusätzliche Möglichkeit, die Morg-Schiffe zu zerstören. Damit sollten einige Schwesternschiffe überleben, die wir danach gegen die zweite Welle einsetzen können. Das ist ein guter Plan und der könnte auch funktionieren. Ich stimme dem Plan zu.«

In den nächsten Tagen wurden Einsatzpläne entworfen, abgestimmt und mit allen Beteiligten bis ins Detail durchgegangen. Eine genau abgestimmte Vorgehensweise war für den Erfolg und möglichst geringe Verluste auf der eigenen Seite entscheidend.

Dann aber rückte der Zeitpunkt der Ankunft der ersten Welle immer näher. Alle eigenen Raumschiffe gingen in den Tarnmodus und warteten, jederzeit schussbereit.

Pünktlich wie vorausberechnet kamen dann die Morg. Wie geplant wurde die eine Hälfte der ersten Welle von den Schwesternschiffen attackiert und mehrheitlich zerstört. Das musste wohl ein Schock für die Morg gewesen sein, denn die zweite Hälfte zögerte und wurde durch die Planetenkanonen schwer getroffen. Der aktuelle Befehlshaber auf der Freedom machte danach aber einen Fehler und gab seine Position preis, indem er mit den Waffen der Freedom ein Morg-Schiff zerstörte. Sofort stürzten sich die noch kampffähigen Morg-Schiffe auf die Freedom und es tobte eine furchtbare Schlacht. Die Schwesternschiffe deckten die Freedom, so gut es ging, aber sie wurde trotzdem beschädigt.

Doch auch die Morg hatten Erfolge. Vier

Schwesternschiffe wurden zerstört und die restlichen vier Schiffe hatten fortan alle Hände voll zu tun, um die Freedom zu schützen und die Morg-Schiffe für die Kanonen zu markieren.

Trotzdem wurden die Morg-Schiffe bis auf zwei allesamt vernichtet und von den Schwesternschiffen waren auch nur noch zwei kampffähig. Eines war sogar noch vollkommen intakt und sogar noch getarnt. Martin rief daraufhin die Freedom5 zurück, um diese in Reserve zu halten.

Sofort begannen die Reparaturarbeiten auf der Freedom. Das letzte Schwesternschiff, die Freedom4, ging auf eine Position, um die beiden Morg-Schiffe, die sich zurückgezogen hatten, ständig zu beobachten und trotzdem die Freedom zu decken.

Diese Morg-Schiffe waren in ihrer derzeitigen Position für die Kanonen nicht mehr erreichbar.

Zwei Tage später kamen dann die zweiten Morg-Schiffe an. Es wurde sofort begonnen, mit den Kanonen diese neuen Schiffe zu bekämpfen. Allerdings steuerte die zweite Welle direkt den Planeten an und die Schiffe waren, solange diese in der Atmosphäre waren, nicht mehr markierbar und damit leider sicher. Jetzt aber schickte Martin die Jäger los, die wie Heuschrecken über die Morg-Schiffe herfielen. Viele wurden zerstört, allerdings schafften es zwei größere, zu landen. Die Landestelle befand sich im Blütenblatt der Eulas an einem Bergrücken.

Der Brückenkopf

Sofort nach der Landung entstiegen hunderte von Morg den Schiffen und sicherten das Areal durch Schutzschilde. Im Laufe der nächsten beiden Tage stießen noch zwei weitere Morg-Schiffe zu den bereits gelandeten. Diese waren zwar schwer beschädigt, aber da diese sehr klein waren, konnten sie den Jägern und den Kanonen entkommen.

Dieser kleine Brückenkopf war unter ständiger Beobachtung und kleinste Veränderungen wurden sofort gemeldet. Gut war lediglich, dass es an der Stelle, an der sich die Morg verschanzt hatten, kein Wasser gab. Allerdings wusste Martin, dass die Morg sehr lange ohne Wasser auskommen konnten. Trotzdem hatte er die Hoffnung, dass das Fehlen von Flüssigkeit dennoch die Morg zum Einlenken bewegen könnte.

Und es kam eine Nachricht von den Morg. Diese wurde von einem Fuchspanzer aufgefangen, der wie viele andere auch das Gelände sicherte. Diese Nachricht wurde aufgezeichnet und an Martin geschickt.

Sie lautete: »An die Führung der Lebewesen dieses Planeten. Wenn ihr unsere Forderungen nicht erfüllt, dann werden wir eine Nuklearbombe zünden und große Teile des Planeten verwüsten und für sehr lange Zeit unbewohnbar machen. In drei Stunden werden wir unsere Forderungen übermitteln.«

Der Reisende

Sebastian wurde von Borms Leuten auf die Insel gebracht. Als er dem Boot entstiegen war, schoben die Canäer dieses wieder ins Wasser und fuhren zurück zum Festland. Die Tatsache, dass auch sie hier auf der Insel nicht willkommen waren, war auch ihnen nicht verborgen geblieben.

Nur mit einem kleinen Rucksack, der seine wenigen Habseligkeiten enthielt, stapfte Sebastian über den Strand und folgte später einem Pfad ins Inselinnere.

Nach einer kurzen Strecke öffnete sich der Dschungel und ein Berg mit vielen Höhlen an seiner Flanke kam in Sicht. Zudem spürte Sebastian, dass er, seit er den Dschungel betreten hatte, beobachtet wurde.

Nun wurde es offensichtlich, denn mehrere Kataner stellten sich ihm in den Weg. Einer von ihnen, einem schwarzen Panther nicht unähnlich, sprach ihn an: »Stopp, nicht weiter! Kenan kommt gleich.«

Als dieser dann aus einer der Höhlen kam und danach direkt vor Sebastian stand, sagte niemand etwas. Allerdings konnte Sebastian deutlich in seinem Kopf hören: »Hallo Sebastian, du bist nun also doch unserer Einladung, hierher zu kommen, gefolgt. Sei gegrüßt.«

Sebastian nickte und antwortete: »Ja, danke

nochmals dafür, aber die Situation auf dem Festland riecht doch sehr nach Krieg und in den wollte ich auf keinen Fall hineingezogen werden. Ich habe in meinem Leben schon zu viel Krieg und Leid erlebt, ich will nur noch in Frieden leben. In diesem Fall ist die Völkergemeinschaft so gut wie unschuldig, denn die Königin der Morg kennt nur eines, und das ist Macht und die Beherrschung anderer.«

Kenan war nach dieser Information erst einmal still und antwortete erst nach geraumer Zeit: »Wir haben die Gedanken von fremden Wesen bereits wahrgenommen. Wie du sagst, wollen die nur Leid und Zerstörung. Diese Gedanken empfangen wir allerdings von zwei Orten hier auf dem Planeten.«

General Brandt und seine Frau

Nach der vollständigen Übergabe aller Geschäfte an Martin war General Brandt sofort nach Hause, hatte dort die Reisevorbereitungen zusammen mit seiner Frau beendet und beide waren danach bereits am kommenden Morgen losgezogen. General Brands Frau hatte sich noch schnell bei Marina verabschiedet und beide waren danach direkt in Richtung der Berge aufgebrochen.

Beide waren leidenschaftliche Wanderer, nur während der letzten Jahre in Bayerntal verständlicherweise nicht mehr dazu gekommen. Beide wanderten somit mit guter Laune in Richtung der nahen Berge und wollten diese erkunden. Unterwegs unterhielten sie sich noch darüber, was sie sonst noch während der nun gestarteten »Rentnerzeit« machen könnten. So in Gesprächen vertieft, erreichten beide bestens gelaunt den Fuß des Gebirges.

»Nach links oder rechts, mein Schatz?«, fragte der ehemalige Führer der drei Völker seine Frau.

»Ist eigentlich egal, solange wir dort, wo wir hingehen, für uns sind.«

»Gut, dann nach rechts, denn alle Ansiedelungen liegen etwas weiter zu unserer Linken.«

Nach dieser Entscheidung zogen beide los, um einen gut begehbaren Weg nach oben zu finden, denn dort, wo sie jetzt entlanggingen, wären Hacken, Seile und eine hochalpine Ausrüstung notwendig gewesen und nicht nur ein einfaches Bergwandern.

So wanderten beide mehrere Stunden und genossen die tolle Gegend, in der noch niemand vorher gewesen war. Als beide dann am Nachmittag an eine Stelle kamen, an der Wasser in Form eines kleinen Rinnsals aus den Bergen trat und ein kleines Becken voller glasklarem Wasser geschaffen hatte, schlugen beide dort ihr Lager auf, stellten ihr kleines Zelt auf und bereiteten ein kleines Lagerfeuer aus Holzstücken, die auch in der Nähe lagerten. Beide machten es sich so gemütlich wie möglich und saßen in einen Schlafsack gewickelt vor dem kleinen Feuer, welches sie von vorne wärmte. Der Schlafsack gab ihnen Wärme von hinten. So in leise Gesprächen vertieft genossen beide diese gemeinsame Zeit, die in ihrem gemeinsamen Leben viel zu selten gewesen waren. Erst der Dienst in der Bundeswehr, dann die Verantwortung in Bayerntal und auf der Freedom während der drei Jahre dauernden Reise und zu guter Letzt die Jahre hier auf Terra hatten nie viel Zeit hierfür gelassen und oft genug war nicht einmal Zeit für Urlaub geblieben.

Allerdings hatte ein Umdenken beim General eingesetzt, als er kurz vor einem Herzinfarkt gestanden hatte und lediglich durch die unglaublichen Heilcomputer auf der Freedom wiederhergestellt werden konnte. Damals, als er von Martin genötigt worden war, sich auf der Krankenstation durchchecken zu lassen, hatte er sich geschworen, mit seiner geliebten Frau deutlich mehr Zeit zu verbringen als bislang, bevor sein eigenes Leben und das seiner Frau zu Ende gehen würde.

Jetzt saßen sie so aneinandergekuschelt am Lagerfeuer und tranken einen mitgebrachten Roten. Beide genossen die Ruhe und die Anwesenheit des Partners sowie die einsetzende Nacht und den Sternenhimmel über Terra, der zwar anders, aber nicht minder schön war. Doch bald danach meldete sich die Müdigkeit bei beiden, die lange Märsche nicht mehr gewohnt waren, und so verzogen sie sich in ihr Zelt und schliefen alsbald ein.

Der General wachte sehr früh von einem Geräusch auf, konnte aber nicht mehr sagen, was es gewesen war. Er hatte lediglich das dringende Gefühl, dass es unnatürlich gewesen war. Als beide dann ihren in einer Thermoskanne mitgebrachten Kaffee getrunken und jeder ein belegtes Brot als Frühstück gehabt hatte, packten sie zusammen und setzten ihre Wanderung fort.

Doch das metallische Geräusch, welches den General geweckt hatte, beschäftigte ihn noch immer.

›Es war metallisch und damit nicht natürlichen Ursprungs. Aber was kann es gewesen sein? Ich muss das in Erfahrung bringen, aber dafür muss ich diesen Berg hoch und bislang gab es hierzu keine Möglichkeiten.‹

So in Gedanken gingen beide weiter, immer dem Fuß der Bergkette folgend. Am späten Vormittag dann kamen sie an eine Stelle, die sich für einen Aufstieg ohne Kletterausrüstung eignete.

»Schatz, du bleib bitte hier und machst eine Pause. Ich steige hier hoch und sehe nach, wohin dieser Weg führt. Danach komme ich zurück und wir entscheiden, ob wir beide da hochsteigen.«

»In Ordnung, aber Michael: Bitte pass auf dich auf und übernimm dich nicht.«

»Selbstverständlich und ich steige nirgends hoch, wo du nicht auch hochkommen würdest. Versprochen. Ich komme dann in ein bis zwei Stunden zurück. So lange ruhe dich hier aus.«

Kaum hatte er das gesagt, nahm er seinen Rucksack ab, holte daraus seine Pistole, schnallte diese um und schickte sich an hochzusteigen.

»Wen willst du da oben erschießen? Aber du solltest noch deine Trinkflasche einstecken.«

»Du hast recht und die Waffe ist nur zur Sicherheit, denn man weiß ja nie …«

Damit nun vollständig ausgerüstet, begann der General den Aufstieg. Nach etwa einer Stunde erreichte er ein Plateau. Er wollte schon über den letzten großen Stein klettern, als ihm plötzlich gewahr wurde, dass da etwas war. Er sah ein Kraftfeld ähnlich dem, welches auch von der Freedom erzeugt werden konnte. Er sah es an einem Flimmern sowie kleineren schwarzen Punkten und Strichen in der Luft, als ob Rußpartikel dort wären. Sofort duckte er sich hinter diesem letzten Felsen vor der Barriere und dann hörte er auch wieder das metallische Geräusch, welches ihn heute früh geweckt hatte. Was das war, konnte er immer noch:nicht sagen, aber eines wurde ihm jetzt gewahr. Hier waren die Morg.

Diese Erkenntnis traf den General wie ein Faustschlag, denn seitlich von ihm war so etwas wie ein Durchgang hinter dem Energieschild, denn da gingen einige Morg ein und aus.

›Was machen die Morg hier und warum haben wir sie hierher nicht fliegen gesehen? Unsere Scanner hätten sie doch sehen müssen.‹

Diese Gedanken schossen ihm nun durch den Kopf. Trotzdem kauerte er weiter hinter dem Felsen und beobachtete weiter.

Nach etwa einer weiteren Stunde wollte er sich schon zurück zu seiner Frau schleichen, da taten ihm die Morg einen Gefallen, indem sie den Energieschild kurz senkten, um ein Flugobjekt landen zu lassen.

Der General traute kaum seinen Augen, denn das Objekt, welches landete, war getarnt. Zudem konnte er kurz einen Blick auf das werfen, was die Morg da trieben. Es sah für ihn so aus, als ob sie eine Raketenabschussrampe für ein wirklich riesiges Geschoss bauten.

›Das muss sofort die Gemeinschaft erfahren!‹, dachte der General und schlich sich weg von dem Bergplateau.

Bereits nach einer halben Stunde kam der General wieder bei seiner Frau an und auf ihre Frage, was er entdeckt hätte, dass ihn derart gehetzt wirken ließ, konnte er erst gar nicht antworten, so außer Atem war er.

Nach einigen Minuten, in denen er saß und in Ruhe durchatmen konnte, antwortete er dann: »Die Morg sind da oben.«

Die Frau vom General wusste sofort, was dies bedeutete, und deshalb rief sie sofort aus: »Das müssen wir Martin und den anderen sagen!«

Der General nickte, bedeutete aber mit

Handzeichen, dass er noch etwas brauche.

Kurze Zeit später hatten sie alles zusammengepackt und beide machten sich schnellstens auf den Weg zurück zur Stadt. Der General verfluchte sich insgeheim, dass er keinen Kommunikator eingesteckt hatte, aber er hatte bewusst mit seiner Frau allein und ungestört sein wollen. Dies kostete sie jetzt wertvolle Zeit. So hetzten beide, so schnell sie nur konnten, zurück. Es dauerte etwa vier Stunden, da bog der General ab vom Weg entlang des Gebirges und seine Frau hielt ihn an und fragte: »Wohin willst du denn? Die Stadt liegt in dieser Richtung.« Und deutete dem Gebirge entlang.

Der General antwortete kurz: »Aber hier geht es zu einer Schürfstelle, die nicht mehr weit weg ist. Die sollten einen Kommunikator haben.« Er ging unbeirrt weiter.

Nach weiteren zwei Stunden hörten sie die typischen Kratzgeräusche eines Förderroboters und waren kurz darauf auch dort. Der General steuerte direkt auf die Maschine zu, hämmerte an die Tür zur Steuerkanzel und ein verdutzter Arbeiter öffnete.

»Hast du einen Kommunikator?«, brüllte der General und machte das Zeichen, dass er den Förderroboter abschalten solle. Nachdem dieser heruntergefahren war, fragte der General erneut: »Haben Sie einen Kommunikator?«

Der Arbeiter nickte und gab dem General das Gewünschte. Dieser wählte sichtlich erleichtert die Kommandozentrale der Freedom und bedeutete seiner Frau, sich zu setzten und auszuruhen.

»Hallo, hier spricht General Brandt. Kann ich

bitte dringend General Berger sprechen?«

Der diensthabende Offizier auf der Freedom erklärte daraufhin, dass General Berger auf Terra und in seinem Büro im Verbindungskomplex weilte.

»Können Sie mich dorthin verbinden?«

»Ja, das geht. Verbindung steht, sprechen Sie.«

»Hier Brandt. Martin, ich muss dich sofort sprechen. Es ist äußerst dringend. Kannst du mich abholen lassen? Ich bin bei der Schürfstelle zwei.«

Nachdem Martin die Abholung zugesagt und sofort befohlen hatte, hieß es für General Brandt nun zu warten. Bereits fünf Minuten später näherte sich eine Fähre und Martin war mit an Bord.

Als General Brandt und seine Frau eingestiegen waren, gab Martin Order, sofort zum Verbindungszentrum zurückzukehren.

Dann drehte er sich zu seinem ehemaligen Chef und fragte: »Was gibt es so Dringendes?«

»Die Morg bauen bislang unbemerkt eine Abschussbasis.«

»Wo?«

»Etwa 15 Kilometer östlich von hier auf einem Hochplateau in den Bergen.«

Martin war nach dieser Nachricht wie vor den Kopf geschlagen, zweifelte aber nicht im Geringsten am Wahrheitsgehalt dieser Meldung.

»Gut, dann werden wir mal sehen, was unser Computer dazu sagt.«

Martin stellte darauf eine Verbindung zur Freedom her und wies den Computer an, nachdem er sich auf einer Karte orientiert hatte, das Planquadraten B31 genauer unter die Lupe zu nehmen.

»Analyse läuft«, bekam Martin daraufhin als Antwort.

»Jetzt können wir nur noch warten und danach sollten wir, je nach Ergebnis, hart mit unseren Jägern zuschlagen«, sinnierte Martin vor sich hin.

»Was, sagtest du, bauen die da hinter einem Schutzschild und noch dazu getarnt? Das muss für die ungemein wichtig sein.«

In den nächsten Minuten saßen die beiden Generäle in Martins Büro und sinnierten über das, was die Morg vorhaben könnten. Martin überlegte sich zwar, nochmals Farug zu befragen, verwarf dies aber wieder, denn wenn Farug etwas wissen sollte, würde er es niemals verraten.

Doch plötzlich schoss Martin ein Gedanke durch den Kopf, der ihm einfach zugeflogen kam: »Du sagtest, das Ding, welches die bauen, sieht aus wie eine Abschussrampe! Ja klar, die wollen die Freedom aus dem Weg räumen, denn die ist momentan ihr Feind in ihrem Rücken, denn von Terra fliehen können sie wegen der Freedom nicht und psychologisch wäre eine Vernichtung unseres Mutterschiffes ebenfalls ein schwerer Schlag für uns.«

Wenig später kam dann das Analyseergebnis von der Freedom. Tatsächlich hatte der Computer der Freedom einen Schutzschild erkannt und auch das, was sich dahinter befand, denn dieser Schild der Morg schien nicht sehr stabil zu sein, denn während er einmal heruntergefahren war, erkannte der Computer eine Abschussrampe und mehrere Nuklearraketen.

»Wenn mich so eine Rakete treffen sollte, würde ich wohl mit einer Wahrscheinlichkeit von 98,4

Prozent vernichtet werden.«

»Das ist der Beweis und höchstwahrscheinlich ist Aurea auch dort, denn ich glaube, sie fühlt sich hinter dem Schild sicher. Aber woher haben die Tarnvorrichtungen?«

Martin ließ seine letzte Frage im Raum stehen, denn hierfür hatte keiner aktuell eine Antwort.

Kurz darauf wurde Alarm gegeben und der diensthabende Offizier der Steuerzentrale auf Terra stürzte in Martins Büro: »Die Freedom wurde angegriffen!«

»Mann, bitte eine vollständige Meldung!«

Der Offizier stand daraufhin stramm und berichtete: »Ein riesiges Geschoss wurde von Terra aus dem Sektor B31 auf die Freedom abgefeuert und hätte auch sicher getroffen, wenn nicht zufällig ein Jäger auf einem Routineflug gerade in der Nähe gewesen wäre. Der Pilot hat das Geschoss gesehen und es abgeschossen. Damit blieb die Freedom unversehrt. Allerdings war wohl die Zerstörungskraft der fremden Rakete derart groß, dass der Jäger dabei zerstört wurde.«

»Danke, das war eine vollständige Meldung.«

Damit war auch Martin und General Brandt klar, woher die Rakete gekommen war, und deren Ziel war nun auch klar.

»Das macht aus der Sicht der Morg sogar Sinn, da sie sonst in ihrem Rücken einen sehr mächtige Feind hätten. Aurea ist nicht dumm, leider«, kommentierte Martin die Situation, so wie diese sich nach der Meldung darstellte.

Beide Generäle diskutierten noch kurz die Situation und kamen aber schnell überein, dass die nun offengelegte Basis der Morg im Quadranten B31 vernichtet werden musste. Beide hatten allerdings noch keinen Plan, wie es zu machen wäre.

Doch da hatte Martin eine Idee.

»Ein Schutzschild braucht viel Energie sowie auch eine Tarnvorrichtung. Wenn wir jetzt dieses Gebiet massiv bombardieren würden, würde auch der Energiebedarf unendlich steigen oder alles würde vernichtet werden.«

General Brandt nickte bei der von Martin aufgestellten These. Zur Verifizierung dieser Annahmen stellte Martin sogleich eine Verbindung zu Professor Mettler her. Als die Verbindung stand, wurde der Professor ins Bild gesetzt und Martin wiederholte danach seine Annahmen. Der Professor konnte danach alles bestätigen und so beschlossen die Generäle die Bombardierung beider Morg-Basen auf Terra. Einmal sollte der Beschuss von der Freedom aus sowie durch Jäger erfolgen.

Bereits wenige Stunden später griffen mehrere Staffeln Jäger beide Standorte der Morg an. Unterstützt wurden sie durch Lasersalven von der Freedom. Der Angriff dauerte nicht lange, da brach bereits der Schutzschild um den Standort der Morg-Raumflotte zusammen und eine Kompanie von Thomas' Soldaten machten die wenigen Morg-Soldaten nieder. Direkt danach wurden alle drei Raumfahrzeuge gesprengt. Aurea war leider nicht unter den in diesem Zuge gefangenen Morg. Sie musste demnach in dem Standort im Quadranten B31 sein.

Die Bombardements dort hielten noch an. Auch dieser Standort war mittlerweile umstellt und die

Soldaten warteten lediglich auf die Zerstörung des Schutzschildes. Dieser kam dann vier Stunden später und jeder konnte hören, wie irgendetwas im Inneren dieses geschützten Areals explodierte.

Allerdings war Aurea auch hier nicht zu finden - trotz intensivster Suche und auch mittels Detektoren, die jede kleinste Lebensform erfassen konnten. Aurea blieb aber verschwunden. Martin war sich allerdings sicher, dass auch sie beim Angriff auf Terra zugegen gewesen war. Das hätte sie sich niemals entgehen lassen. Auch Farug bestätigte dies in einer neuerlichen Befragung. Aber wo war sie dann?

Aurea blieb auch noch verschollen, als beide Standorte nach deren Einnahme besetzt worden waren. Alle verbliebenen Raumschiffe sowie die Abschussrampe wurden gesprengt. Wo war Aurea? Diese Frage beschäftigte Martin und alle anderen Führungspersonen der Völkerallianz. Doch trotz intensiver Scans und Suchen konnte die Morg-Königin nicht aufgespürt werden.

So vergingen zwei weitere Wochen. Die Langstreckenscans der Freedom zeigten nichts, was auf Kurs Terra gewesen wäre, sodass Martin langsam begann, sich zu entspannen.

Besetzung

Drei Wochen später kam ein Hilferuf aus der Siedlung der Menschen. Ein Morg-Schiffe war im Zentrum des Dorfes gelandet, hatte sich enttarnt und sofort waren etwa ein Dutzend Morg-Krieger ausgeschwärmt und hatten nach etwas Bestimmtem gesucht.

Nach dem Hilferuf alarmierte Martin seine Soldaten. Diese umstellten den Ort und zogen die Schlinge immer enger. Dann auf einmal wurde Martin zu seinem Ort gerufen. Da er ohnehin bereits auf dem Weg dorthin war, kam er unmittelbar nach der letzten Meldung bei Thomas an.

»Martin, jetzt wissen wir, wo Aurea steckt, aber es wird dir nicht gefallen, denn sie hat deine und meine komplette Familie in ihrer Gewalt.«

»Was? Wo ist sie?!«

»Sie steht auf dem Marktplatz mit ihren Geiseln. Dort steht auch ihr Schiff.«

»Ich brauche zehn Mann. Dann gehe ich rein. Thomas, du holst Farug und kommst dann nach.«

Sehr schnell meldeten sich zehn gute Leute, alle bis an die Zähne bewaffnet. Martin schnappte sich einen Übersetzter und so hetzten er sowie die Soldaten zum Zentrum des Dorfes.

Unerwartete Hilfe

Dort angekommen, stand Aurea hinter Marina und Jasmina. Davor knieten die vier Kinder. Mehrere Morg-Soldaten hielten alle in Schach.

»Hallo Herr Berger, du hattest wohl nicht erwartet, dass wir uns so schnell wiedersehen. So, aber jetzt diktiere ich und zeige dir, was Schmerz ist als Strafe für die Erniedrigungen, welche ich erleiden musste.«

»Aurea, was willst du?«, reagierte Martin hörbar ungehalten.

»Ganz einfach. Ihr alle hier auf diesem Planeten verlasst diesen auf eurem Raumschiff und überlasst Terra uns. Ganz einfach. Solltest du dich weigern, wird erst deine Frau und danach deine Kinder von meiner Hand sterben. Ich werde deiner Frau vor deinen Augen den Kopf abreißen und diesen deinen Kindern vor die Füße werfen.« Aurea trat direkt hinter Marina und hielt diese an ihrer Schulter fest.

Martin, dessen Gehirn auf Hochtouren arbeitete und der Zeit gewinnen wollte in der Hoffnung, dass Aurea ihm eine Möglichkeit bieten würde einzugreifen, entgegnete: »Wenn du uns von Terra vertreiben willst und auch diesen schönen Planeten zerstören willst, warum dann hast du versucht, unser Raumschiff zu zerstören? Das macht doch keinen Sinn, denn damit hättest du uns die Möglichkeit genommen, überhaupt deinen Forderungen nachzukommen.«

Aurea lächelte zuckersüß und antwortete: »Ganz einfach, weil euer Raumschiff eine Gefahr für mich dargestellt hat, aber als ich gemerkt habe, dass ihr mich in meinem mit einem Schild ausgerüsteten getarnten Raumschiff nicht gefunden habt, welcher zudem resistent gegenüber euren Scanversuchen ist, habe ich von einer Zerstörung abgesehen. So, aber jetzt entscheide, sonst stirbt deine Familie!«

Martin war der Verzweiflung nahe, weil er keinen Ausweg sah. Daher startete er einen letzten Versuch, Zeit zu gewinnen.

»Ich kann dies hier und jetzt gar nicht entscheiden, da wir einen Rat haben und bei Entscheidungen von größter Tragweite muss dieser einstimmig entscheiden. Und das hier ist wohl eindeutig ein solcher Fall.«

Aurea schien kurz zu überlegen, antwortete dann aber: »Euer Rat interessiert mich nicht, also entscheide jetzt oder sie stirbt.«

Aurea hielt bereits Marinas Kopf mit ihren beiden Händen, als General Brandt vortrat und sprach: »Halt! Martin kann gar nichts dafür, was dir auf deinem Planeten passiert ist, denn er hat lediglich auf meinen Befehl gehandelt. Du bestrafst Unschuldige!«

General Brandt hatte das Wort »Unschuldige« fast geschrien.

Martin hatte unterdessen gemerkt, wie fast unbemerkt mehrere Scharfschützen in Stellung gegangen waren. Martin dachte dabei: ›Wenn das nur gut geht?‹ Da er aber auch nichts Besseres im Augenblick wusste, ließ er es geschehen. Dann aber entdeckte er in seinem Augenwinkel Sebastian und neben ihm Kenan. Er wunderte sich noch, als Kenan vortrat, General Brandt hinter sich schob und Aurea direkt ansah und direkt ansprach.

»Du bist also die Morg-Königin, die diesen Planeten einnehmen und bedingt durch eure Lebensweise wie auch euren eigenen Heimatplaneten zerstören wird. Deine Gedanken haben dich verraten, denn dir ist es egal, wenn dieser paradiesische Planet innerhalb von zwanzig bis dreißig Jahren unbewohnbar wäre. Aber so etwas kann und werde ich nicht zulassen, da auch wir hier leben.«

»Wer bist du denn? Und wie willst du mich denn aufhalten, die Morg-Zivilisation hierher zu bringen?«

Martin sah, wie Aurea, immer noch den Kopf Marina haltend, plötzlich ihre Muskeln anspannte. Martin wollte schon schreien, brach aber den Versuch ab, da er sah, dass Aurea nun ihren Kopf hielt und begann zu schreien. Diese Schreie kamen allerdings nicht aus Wut, sondern aufgrund von Schmerzen. Dieses Schreien steigerte sich noch und plötzlich zerplatzte der Kopf der Königin. Die Morg-Krieger sahen ungläubig auf die Leiche ihrer Königin und ein Soldat versuchte sichtbar, einen Befehl zu geben, konnte es aber nicht. Stattdessen fiel er - sowie alle anderen Morg und auch Farug - bewusstlos um.

Kenan lächelte jetzt erstmals und erklärte: »Die Morg wollte gerade deine Frau töten, Martin. Wir, die Kataner, können nicht nur Gedanken lesen, sondern auch mit unseren Gedanken töten. Dies war notwendig geworden, denn ich kann nicht zulassen, dass unsere Heimat mutwillig zerstört wird. Ihr, die vier Völker, seid akzeptiert, da ihr bisher die Natur auf Terra geachtet habt und euch lediglich der Morg erwehrt habt. Darum musste ich heute eingreifen und denke zudem, dass dir, Martin, das ganz recht war. Martin, eine Bitte hätte ich aber noch. Schickt die Morg wieder zurück auf deren Planeten und ich selbst würde gerne einen Sitz in eurem Rat haben, um immer nur das Beste für den Planeten mitzubestimmen.«

Martin, in dessen Gesicht nun wieder Farbe zurückgekehrt war, ging auf Marina und die Kinder zu, ging vor allen auf die Knie und umarmte alle.

Direkt danach stand er wieder auf, drehte sich zu Kenan und antwortete: »Ich werde sofort eine Sondersitzung des Rates einberufen und deinen Wunsch dort vortragen und befürworten. Damit würden dann alle fünf Völker, die diesen Planeten bewohnen, auch über diesen entscheiden.«

Friede auf Terra

Hinterher gab Martin den Befehl, Farug und alle gefangenen Morg in deren Raumschiff zu verbringen. Das Raumschiff Aureas wurde sogleich von der Wissenschaft untersucht, weil man wissen wollte, wie die Morg-Königin es geschafft hatte, unentdeckt zu bleiben. Als das geschafft war, gab man auf Bitte von Farug, der wie seine Landsleute mittlerweile wieder wach war, etwas Zeit, noch einige Reparaturen an ihrem Raumschiff vorzunehmen.

Aureas Schiff flog indessen bereits in Richtung Gorn. Die Langstreckenscanner der Freedom bestätigten zudem den korrekten Kurs dieses Schiffes. Drei Tage später war dann auch Farugs Schiff repariert und dieses flog ebenfalls, nach dem man den Morg noch etwas Wasser und Nahrung für die Reise überlies, ab.

Damit war nun endgültig der Krieg mit den Morg vorbei und Farug hatte zum Abschied feierlich versprochen, keinerlei Rachegelüste gegenüber Terra zu hegen.

Die Gemeinschaft der Fünf

Einen weiteren Tag später füllte sich der Versammlungssaal des Gemeinschaftsgebäudes. Alle, die einen Sitz in diesem Rat innehatten, waren gekommen. Zuletzt kamen noch Sebastian und Kenan in Begleitung einer wunderschönen schwarzen Pantherkatzendame.

Dann eröffnete Martin diese Sondersitzung und stellte Kenan sowie dessen Gefährtin Kora vor. Martin stutzte zwar nach der Vorstellung, da er eigentlich gar nicht wissen konnte, wie Kenans Frau hieß, aber ein Blick auf Kenan, der Martin anlächelte, machte alles klar.

Dann stellte Martin die Tagesordnungspunkte vor. Als ersten Punkt berichtete Martin selbst von den letzten Entwicklungen mit den Morg. Er schloss seinen Bericht damit, dass er die Bereitschaft aller Krieger der Eulas, der Canäer sowie der Syras mit sofortiger Wirkung aufhob.

Dann aber folgte der Apell Martins pro eines Ratssitzes für Kenan und dessen Frau. Seine Rede war zwar sehr flammend, aber nach einem Blick in die Runde wurde ihm schnell klar, dass jeder bereits eine Entscheidung getroffen hatte. Dann kam es zur Abstimmung und jeder war uneingeschränkt für eine Aufnahme der Kataner.

Zarul brachte es dann treffend auf den Punkt: »Wie könnten wir den Katanern eine Mitsprache verweigern, denn dieser Rat hat es sich zur Aufgabe gemacht, Themen von Belang für alle Völker auf Terra zu beraten und zu entscheiden. Die Kataner leben auch hier und damit ist es nur folgerichtig, dass auch sie mitentscheiden.«

Anschließend gab Sebastian noch seine Stimme pro der Aufnahme der Kataner ab und gab seinen Platz im Rat damit auf, da er nur für sich sprechen konnte und nicht für ein ganzes Volk.

Letztendlich stellte Martin die Einstimmigkeit des Antrages fest und gab Hauptmann Müller noch einen dementsprechenden Hinweis für die Akten. Anschließend wurden alkoholische Getränke gereicht und man begrüßte die Kataner noch auf der persönlichen Ebene.

Später standen Kora und Kenan vor Martin und Marina, die als Gast der Sitzung auf Wunsch von Kenan beigewohnt hatte.

»Martin, unser Start bei uns auf der Insel war sicher nicht optimal, verzeih bitte.«

»Kenan, ich habe dir nichts zu verzeihen, denn nach der Rettung meiner Frau besitzt du bei mir eine Lebensschuld.«

Marina fügte danach noch bewundernd an Kora gerichtet hinzu: »Als Tierärztin habe ich sicher alle Arten von Fell schon gesehen, aber dein derart glänzendes ist genauso atemberaubend wie wunderschön. Habt ihr beiden eigentlich auch Kinder?«

Kora antwortete mit einem Lächeln: »Marina, danke dir für dein Kompliment und ja, wir haben fünf Kinder.«

»Kenan, Kora, darf ich euch alle mit eurem

Nachwuchs zu uns zu einem privaten Essen einladen? Unsere beiden Kinder würden sich auch sehr freuen«, fügte nun noch Martin bei.

Kenan und Kora sahen einander an und Kora antwortete dann: »Ja, sehr gerne würden wir kommen und euch besser kennenlernen.«

Borm hatte wohl das Ende der Unterhaltung mitangehört, denn jetzt mischte er sich in das Gespräch mit ein.

»Übrigens, meine Frau und ich haben auch fünf Kleine und wenn wir dazustoßen dürfen, bringe ich ein Fass Met mit.«

»Das wird sicher ein turbulenter, aber auch schöner Abend. Also wir würden uns freuen«, schloss nun wieder Martin und beide Kataner nickten freudig.

»Dann ist es entschieden. Heute Abend gleich? Und sollen wir euch auf der Insel abholen mit einer Fähre?«, schloss nun wieder Martin.

»Ja, das wäre schön, denn mit dem Boot ist es doch nicht so schön«, bestätigte Kenan.

»Dann hole ich euch am Strand um sechs Uhr abends ab?«

Kora nickte und sagte nur: »Kommt mit eurer Fähre vor unsere Höhlen. Ich leite euch dorthin.«

Martin lächelte daraufhin, denn ihn wunderte nichts mehr bei den Katanern und deren Fähigkeiten.

An diesem besagten Abend schwebte eine Fähre in Richtung der Insel der Kataner. Der Pilot fragte Martin, der mit an Bord war, nach dem genauen Landeplatz.

Martin antwortete mit einem Lächeln: »Fliegen Sie in Richtung der Inselmitte und folgen Sie dann ihrem Gefühl.«

Der Pilot sah Martin leicht entgeistert an.

Allerdings, als die Fähre den Strand überflogen hatte, rief der Pilot aus: »Ja, das kenne ich und den Landeplatz auch. Alles klar, Herr General, ich weiß jetzt, wo ich hin muss.«

Wenig später bereits landete die Fähre auf einem Vorplatz vor einem Steilhang eines Berges, in den unzählige Höhlen gegraben worden waren. Zudem waren ebenso Wege zwischen den Höhlen zu sehen.

Kurz nach der Landung sah Martin Kenan und Kora mit einigen kleineren Pantherjungen aus einer Höhle im ersten Stock kommen. Die Familie folgte einer Serpentine nach unten auf den Boden und kurz danach wurde Martin von fünf kleinen Panthern bestürmt, beschnuppert und abgeleckt.

›Die Kleinen haben Ähnlichkeit mit meinen Hovis, als diese noch klein waren‹, dachte Martin bei sich, als er ein kleines Männchen hochhob und näher betrachtete. Direkt danach stiegen Kora und Kenan ein. Martin hob noch die restlichen Kleinen in die Fähre, schloss die Schiebetüre und setzte sich.

»Was sind eigentlich Hovis?«, wollte auf einmal Kora wissen.

»Das sind Hovawarte, eine Hunderasse. Ich selbst habe ein Pärchen und beide haben wie deine Kleinen kohlrabenschwarzes Fell. Nur das Fell deiner Kleinen ist viel weicher. Aber du wirst beide Hovis gleich kennenlernen, wenn wir bei mir zuhause sind. Sie werden deine Kleinen bewachen und beschützen, so wie sie es immer mit meinen und Borms und Mias Kindern tun. Fremden und Feinden gegenüber können Hovis richtig gefährlich werden. Vor allem dann, wenn sie auf etwas aufpassen sollen und jemand anderes nähert sich ungebeten. Als Aurea Marina und die Kinder entführt hat, fiel meinen Hovis ein Morg-Soldat zum Opfer. Erst nachdem beide betäubt worden waren, konnte Aurea die Entführung abschließen. Deine Kinder werden also sicher sein.«

Kora nickte verstehend und Martin gab dem Piloten Order, zu sich nach Hause zu fliegen.

»Sie können, nachdem Sie uns abgesetzt haben, zurück zur Basis fliegen. Ich rufe Sie dann, wenn ich Sie später wieder brauche«, erläuterte Martin den Plan für heute.

Der Flug dauerte lediglich sieben Minuten und währenddessen sahen Kenan und Kora ganz interessiert aus dem Fenster.

»So haben wir den Planeten noch nie gesehen.« Und als das Dorf der Menschen in Sicht kam, meinte Kora: »Aha, so leben also Menschen. Sieht hübsch aus, nur ihr braucht wesentlich mehr Baumaterial, wenn jeder sein eigenes Haus hat.«

»Kora, das ist richtig, aber früher auf der Erde, als diese noch existierte, gab es große mehrstöckige Wohnblöcke mit vielen Wohnungen für viele Familien. Diese ähnelten eher euren Höhlen«, erläuterte Martin und schon landete die Fähre vor Martins Haus.

Sofort kamen Marina, Mia und Borm heraus und ihnen folgten Jasmin und Sebastian wie auch Mias und Borms Rasselbande. Zu guter Letzt kamen noch die beiden Hovis um die Ecke und waren als erstes bei der Fähre.

Als dann alle ausgestiegen waren, beschnupperten beide die kleinen Katanerjungen und Martin befahl beiden: »Maja, Ben heute müsst ihr auf alle Kleinen aufpassen und diese beschützen.«

Danach war der Bann gebrochen und fast sofort tollten die kleinen Bärenhunde, die Katanerjungen sowie Sebastian auf der Wiese vor Martins Haus. Jasmin hielt sich noch etwas zurück.

Die Erwachsenen machten es sich einstweilen auf Martins Terrasse bequem und alle Eltern verfolgten das Treiben mit größtem Vergnügen.

»Unsere Kleinen verstehen sich ja sehr gut mit eurem Nachwuchs«, bemerkte Kora nach einer Weile.

Nach drei Stunden des Tobens wurde es plötzlich still und die komplette Jugend lag auf dem Teppich im Kinderzimmer von Sebastian und schlief. Lediglich Jasmina hatte es sich dort auf einem kleinen Sofa gemütlich gemacht, einen kleinen Panther im Arm und beide schliefen ebenfalls.

»Ist ein tolles Bild, wie sich Kinder von so unterschiedlichen Spezies doch so gut verstehen. Konflikte, wenn sie denn kommen, tauchen erst im Erwachsenenalter so richtig auf.«

Kora war ebenfalls ganz entzückt von dem Bild, ging aber zu Jasmina, nahm ihr ihren Kleinen aus dem Arm und legte ihn zu den anderen auf den Boden.

»Damit er nicht runterfällt«, meinte sie nur trocken.

Ben und Maja lagen auch im Zimmer und passten auf.

Später am Esstisch saß man dann und unterhielt sich ganz zwanglos. Alle genossen den Abend und die Sympathie untereinander war deutlich spürbar.

Plötzlich jedoch wechselte Kenan das Thema.

»Martin, kann ich dich morgen in deiner Funktion als Ratsvorsitzender sprechen?«

»Kenan, natürlich, zu jeder Zeit. Sag mir nur wann und wo.«

»Danke, ich komme um zehn Uhr ins Ratsgebäude.«

»Gerne, ich bin dann dort in meinem Büro.«

Kenan nickte und damit war es beschlossen. Martin war jetzt allerdings neugierig geworden und fragte nach: »Um was geht es? Und brauchen wir noch jemanden mit Rat und Tat?«

»Nein, wir beide genügen erst einmal und es geht um unser Schwesternvolk.«

»Kenan, nein, nicht heute Abend«, entrüstete sich Kora. »Denn sonst geht es nur noch um dieses Thema.«

»Ist ja gut, ich gedulde mich bis morgen«

»Aber sag mir bitte das Thema, damit ich mich vielleicht vorbereiten kann«, schob Martin dennoch nach.

»Es geht um den Planeten Sirius. Mehr dann morgen.«

Der restliche Abend verlief sehr schön und entspannt. Der Met war klasse und schmeckte auch Kenan und Kira.

Es war bereits zwei Uhr am Morgen, als Martin

die Fähre rief. Als diese dann gelandet war, hatten Kenan, Kira, Marina und Martin alle Hände voll zu tun, um die kleinen Pantherjungen schlafend in die Fähre zu tragen.

Als dann alle verladen waren, kuschelte sich eines der Kleinen an Martins Bein, gähnte herzhaft und sagte ganz leise: »Dürfen wir mal wieder zu dir kommen, es war so schön?«

Martin grinste und antwortete ebenso leise: »Natürlich, jederzeit. Eure Eltern müssen uns nur Bescheid sagen.«

Sirius

Am nächsten Morgen pünktlich um zehn klopfte es an Martins Bürotür und ein sichtlich etwas übernächtigter Kenan und ein weiterer, deutlich älterer Kataner traten ein.

»Guten Morgen, Kenan, und guten Morgen, Karlin.«

›Woher weiß ich eigentlich deinen Namen?‹, dachte noch Martin, lächelte dann aber, weil ihm mittlerweile die Gedankenübertragungsfähigkeit der Kataner bekannt war. Nur daran gewohnt war er noch nicht.

»Guten Morgen, Martin. Du scheinst Met besser zu vertragen als ich und Karlin ist einer unserer Ältesten, der mir helfen kann, das, was ich dir gleich erklären werde, besser zu verdeutlichen.«

Kenan nahm einen Schluck Wasser und begann: »Mein Volk lebt derzeit auf zwei Planeten und die Trennung fällt einigen meiner Leute sehr schwer. Den Teil, der hier auf Terra auf der Insel Katan lebt, kennst du ja, aber der wesentlich größere Teil lebt auf Sirius. Dieser Planet war einst genauso schön wie Terra, wurde aber seit einem Meteoriteneinschlag fast zur Hälfte unbewohnbar. Die Reisenden waren es vor etwa zwölf Jahren, die Teile unseres Volkes hierherbrachten. Teile nur deshalb, weil nicht mehr in das Raumschiff passten, welches damals zur Verfügung stand.«

Karlin, der noch gar nichts gesagt und nur ab

und an genickt hatte, erhob nun aber sein Wort: »Unter der Teilung unseres Volkes leiden sehr viele bei uns. Jetzt aber steht ein besonderer Tag an, der nur alle einhundert Jahre kommt, und dieser ist der absolut heiligste Tag für uns. Dieser Tag ist in fünf Monaten und den will mein Volk gemeinsam feiern. Zudem gibt es auf Sirius für uns eine weitere sehr große Gefahr. Mit dem Meteoriteneinschlag ist wohl eine Schlangenart auf den Planeten gelangt, die es vorher nicht gegeben hat. Diese sind giftig, immun gegen Manipulationen des Geistes und für uns absolut tödlich. Diese Art vermehrt sich explosionsartig in den öden Gebieten des vom Meteoriten zerstörten Areals, drängt jetzt aber auch in unser Gebiet und das hat bereits Hunderte an Todesopfer gefordert. Aktuell sind wir verzweifelt und bitten um Hilfe.«

»Da wir wissen, dass ihr ein riesiges Raumschiff besitzt, welches sich in der Umlaufbahn zu diesem Planeten befindet, kamen wir erst auf die Idee, euch von unserem Problem zu erzählen«, warf nun wieder Kenan ein.

Martin hatte aufmerksam zugehört, hatte jetzt aber einige Fragen.

»Hätte euer ganzes Volk eigentlich genug Platz hier auf der Insel?«

»Na ja, für den Anfang schon, aber auf Dauer eher nein«, antwortete Kenan.

Martin hatte aber bereits eine Idee, die er aber noch mit anderen abstimmen musste, und deshalb verabredete er sich exakt in einer Woche wieder hier in seinem Büro mit den Katanern. Als diese dann weg waren, rief er Muro von den Syras an.

»Muro, könntest du dir vorstellen, euer südliches Berggebiet zugunsten eines Volkes in Not abzutreten?«

»Zugunsten von wem?«

»Den Katanern.«

Danach erzählte Martin die ganze Geschichte, wohlwissend, dass die besagte südliche Bergregion für die Syras keine Bedeutung hatte.

»In eurer Bergregion könnten die Kataner Höhlen graben, da der Fels dort weich ist, und die Gegend entspräche ihrem gewohnten Lebensstil. Zudem bin ich zumindest ihnen dankbar, dass sie uns maßgeblich von den Morg gerettet haben. So etwas sollte auch bei euch etwas zählen. Ich treffe mich heute in einer Woche in meinem Büro im Verbindungshaus. Es wäre großartig, wenn du ebenfalls dazukämst - mit guten Nachrichten natürlich.«

»Gut, Martin, ich kläre das ab und werde zusehen, nächste Woche auch da zu sein.«

Parallel klärte Martin, wie weit weg Sirius lag, und er war positiv überrascht, da die Reise mit der Freedom lediglich vier Tage dauern würde.

Als später Martin auch Borm sowie Zarul von dem Fall berichtete, meinten alle unisono: »Dann wird wohl die Freedom wieder auf eine Mission ›Arche‹ gehen und Terra wird wohl ein wenig voller.« Allerdings schien niemand dagegen zu sein, das Volk der Kataner zu vereinen. Auch Marina war sofort begeistert, als Martin ihr davon berichtete, denn sie hatte sofort einen Draht zu Kora und den fünf Pantherjungen gefunden.

Martin selbst war allerdings noch unsicher, wie

sich die Syras letztendlich entscheiden würden. In der Woche, drei Tage vor dem nächsten Treffen mit den Katanern, informierte Muro Martin vorab. Dazu war er eigens am Mittwoch in Martins Büro gekommen.

»Martin, ich möchte dich vorab schon mal informieren, dass die Syras das südliche Berggebiet den Katanern abtreten werden. Wir waren uns in diesem Fall sehr schnell einig und alle fanden, dass wir gar nicht das Recht hätten, den Katanern ihre Wiedervereinigung zu verwehren. Also kannst du Kenan zusagen.«

»Das ist ja eine großartige Nachricht, denn zum einen mag ich die Art der Kataner und zum anderen glaube ich, dass sie sehr gut in unsere Völkergemeinschaft passen und diese auch bereichern würden. Und die Tatsache, dass sie die Fähigkeit haben, Gedanken lesen zu können, ist zwar gewöhnungsbedürftig, aber auch nicht mehr und man gewöhnt sich schnell daran.«

Für den nächsten Tag dann war das Treffen mit den Katanern geplant und pünktlich erschienen Muro, Zerla von den Syras sowie Kenan und Karlin von den Katanern. Nachdem sich alle begrüßt hatten, nahm Martin die Gesprächsführung an sich und informierte die Kataner.

»Gut, die Freedom wird mit einer kleinen Besatzung und einer Kompanie an Soldaten nach Sirius reisen, um euer restliches Volk hierher zu holen. Die Reise startet morgen und es wäre schön, wenn zumindest du, Kenan, uns begleiten würdest. Wenn wir dann wieder zurück sind, sollten eure Leute erst einmal auf eure Insel, bis …«, und jetzt machte Martin eine Pause und wunderte sich danach nicht, dass Kenan den Satz vervollständigte:

»... alle Kataner sich in der südlichen Bergregion im Areal der Syras niederlassen können.«

Karlin lächelte und bemerkte mit einem Grinsen: »Erst einmal bin ich stellvertretend für mein ganzes Volk den Syras zutiefst dankbar für euer Angebot und werden alles tun, um der Entwicklung der Syras niemals im Wege zu stehen.«

Martin wunderte sich nicht mehr, dass die Kataner überhaupt nicht überrascht schienen, denn er dachte bei sich: ›Die haben die Entscheidung der Syras bereits aus deren Gedanken gelesen und daher bereits gekannt.‹

»Martin, du hast recht mit deinen Annahmen«, bestätigte sogleich Kenan. »Und Martin: Wir kommen beide mit. Zudem würde ich sehr gerne Kora und die Kinder mitbringen. Die Kleinen geben keine Ruhe und wollen unbedingt mit einem Raumschiff fliegen.«

»Kenan, haben deine Kinder auch bereits in meinen und den Gedanken der Syras gelesen?«

»Aber nein, so eine Fähigkeit entwickeln wir Kataner erst nach der Geschlechtsreife.«

Nun war Martin an der Reihe, ein Fazit zu ziehen: »Gut, ich organisiere für morgen eine Besatzung, die uns fliegen kann. Zudem einige Piloten und Soldaten für Fähren sowie Jäger zum Schutz. Dann treffen wir uns morgen Vormittag um zehn hier. Kenan, Karlin, soll ich euch mit einer Fähre abholen?«

»Oh ja, das wäre schön. Damit können wir dann auf euer Raumschiff fliegen.«

»Oder ich komme einfach zu euch und wir verbringen uns direkt von eurer Höhle aufs Raumschiff. Allerdings verpasst ihr dann den Anflug im All und die dementsprechende atemberaubende Aussicht auf die Freedom.«

»Na, meinen Kleinen würde sicher der Anblick des Raumschiffes gefallen. Mir und meiner Frau ebenso.«

Karlin führte hinterher aus, dass auch er das Schiff gerne einmal sehen würde. Damit war es entschieden und Martin organisierte zusammen mit Hauptmann Müller noch eine Kompanie Soldaten, die Thomas selbst anführen wollte, sowie eine Staffel Jäger über Oberst Meier. Als dann alles vorbereitet war, sprach Martin noch mit den Canäern sowie auch den Eulas und informierte auch sie.

Damit war nun alles geregelt und auch die Flugbesatzung war klar. Jetzt ging Martin nach Hause. Marina freute sich sehr, Martin etwas früher als sonst zu sehen, und begrüßte ihn deshalb freudig.

»Hallo, mein Schatz, hast du dich verlaufen oder warum bist du heute überpünktlich zuhause?«

»Nein, nicht verlaufen. Nur ist für heute alles erledigt und da du mich die nächste Woche entbehren musst, bekommst du mich wenigstens heute zeitig.«

Damit musste nun Martin alles erzählen, was vorgefallen war und wohin die Freedom ab morgen unterwegs sein würde. Marina war komplett für den Inhalt der Mission und überlegte nur, ob sie nicht auch mitkommen solle, denn die eine oder andere Nacht mit Martin im All in ihrer alten Kabine hätte doch etwas.

Da sie das für eine glänzende Idee hielt, fragte sie Jasmina, ob diese auf die Kinder achten könne, und nachdem dies geklärt und möglich war, reiste Marina mit.

»Ist dann auch ein kleiner Urlaub von den Kindern und eine ungestörte Zeit mit dir, Martin. Zudem mag ich die kleinen Kataner sehr und vielleicht werde ich sogar als Ärztin gebraucht.«

So wurde für den nächsten Tag eine kleine Tasche gepackt, um für eine gute Woche gerüstet zu sein.

Pünktlich um sieben Uhr landete eine Fähre vor dem Haus von Martin. Marina und Martin stiegen ein und los ging es in Richtung der Insel der Kataner. Dort landete die Fähre wie das letzte Mal direkt vor deren Höhlen und alsbald waren sie umringt von neugierigen Katanern. Wenig später bereits kamen Kenan, Kora und ihre Kinder. Auf Karlin mussten sie etwas warten, aber dann kam auch er.

Als dann alle eingestiegen waren, gab es erst einmal eine große Begrüßung und dann ging es schon los. Die Fähre hob ab und flog steil nach oben in Richtung Freedom. Zu Beginn des Fluges hatten die kleinen Kataner etwas Angst. Allerdings wich diese zugunsten von Neugier und dann Staunen, als die Freedom in Sicht kam. Selbst Kenan, Kora und Karlin stand der Mund offen. Martin wies den Piloten an, einmal um das Raumschiff herum zu fliegen, damit sich alle sattsehen konnten. Dann aber landete die Fähre auf einem Flugdeck. Dort war das Staunen ebenso groß und sofort kam die Frage von Karlin, als er durch die Energiebarriere ins All sehen konnte, nach diesem Prinzip. Als danach auch dieses geklärt war, gingen alle zum ehemaligen Quartier von Martin und Marina. Rechts daneben wurde Kenans Familie einquartiert und links davon Karlin. Nachdem Martin Kenans Familie alles erklärt hatte und Marina Karlin eingeweiht hatte, begaben sich alle in die Kommandozentrale.

Dort war das Staunen noch mal riesengroß und die Besatzung erklärte alles sehr geduldig.

Dann aber meldete sich der Computer.

»Willkommen auf der Freedom. Meine Aufgabe ist es jetzt, jedes Lebewesen hier auf dem Raumschiff zu registrieren.«

Daraufhin wurden alle mittels des in diesem Fall Pfotenabdruckscanners registriert und danach verkündete der Computer sein Analyseergebnis: »Karlin, ihnen fehlen einige Spurenelemente und ich würde gerne eine detaillierte Untersuchung ihres Darmtraktes auf der Krankenstation vornehmen, da ihre Werte nicht ganz im Normbereich liegen.«

»Kora, herzlichen Glückwunsch, sie sind trächtig und werden in sieben Monaten vier kleine gesunde Welpen zur Welt bringen. Allerdings rate ich zur Stärkung ihres Organismus ebenso zu einem Besuch im Medizinbereich.«

Kenan sah seine Frau ganz überrascht an und Kora zuckte mit den Schultern und sagte entschuldigend: »Ich hatte so etwas zwar vermutet, wusste es aber noch nicht.«

Kenan allerdings war überglücklich und rieb seine Schnauze an der von Kora.

›Das war also ein Kuss unter Katanern‹, dachte Martin bei sich und Kenan nickte ihm sogleich zu.

Die Kinder waren allesamt gesund, nur bei einem weiblichen Pantherjungen gab es ein Loch an einem Zahn.

Nachdem sich alle dann erst einmal sattgesehen hatten, begaben sich die Kataner, begleitet von Marina, in den Medizinbereich, um die Dinge, die nicht optimal waren, zu korrigieren.

Martin gab einstweilen seiner Mannschaft die Order, den Kurs nach Sirius zu berechnen.

Als wenig später alle Gäste aus dem Medizinbereich zurück waren, gab es erneut ein »Ah« und »Oh«, als die Freedom Fahrt aufnahm und Terra erst kleiner und danach verschwunden war. Nach dem Sprung in den Hyperlichtgeschwindigkeitsmodus begaben sich dann alle in ihre Quartiere.

Bereits vier Tage später erreichten sie Sirius und Martin gab Order, sofort einen kompletten Planetenscan durchzuführen. Als dieser fertig war, bat Martin Kenan und Karlin in das Büro des Kapitäns, welches nun seines war, und erläuterte das Ergebnis.

»Der Scan hat ergeben, dass euer Volk sich wohl im Krieg befindet und schwer in Bedrängnis ist. Wir sollten überlegen, wie wir euer Volk, angefangen bei den Müttern, auf die Freedom verbringen können. Und eine weitere Frage hätte ich noch: Ist dein Volk eigentlich vorbereitet und bereit für den Umzug nach Terra?«

Karlin straffte sich, lächelte und antwortete: »Also, euer Heilcomputer ist großartig, ich habe seither keine Kreuzschmerzen mehr und ja, unser Volk weiß Bescheid und freut sich auf die Wiedervereinigung.«

»Na, dann brauchen wir nun einen guten Plan, denn sonst gibt es ein Desaster«, meinte nun wieder Martin und fügte hinzu: »Laut den Scans wird euer Volk angegriffen und die Schlinge zieht sich immer mehr zu. Ich sehe aktuell nur die Möglichkeit, einen Schutzschild um euren Berg herum zu ziehen, bis wir uns etwas überlegt haben, denn durch einen Schild können wir niemanden transportieren und auch keine Fähren einsetzen. Ich schlage daher vor, dass ihr eure Leute informiert, dass sich alle in den Berg zurückziehen sollen. Dann bauen wir den Schild auf und können in Ruhe planen.«

Kenan und Karlin nickten. Beide schlossen daraufhin ihre Augen und gaben den Plan weiter.

Als sie fertig waren, sagten sie fast im Chor: »Jetzt sind sie bereit.«

Martin gab daraufhin den Befehl, einen Schutzschild, der den Berg der Kataner komplett einschloss, aufzubauen.

Als es geschafft war, wurden beide trotzdem plötzlich nervös und erklärten: »Die Schlangen haben den geheimen Ausgang aus dem Labyrinth des Berges entdeckt und dringen dort nun ein. Wir müssen handeln.«

Sofort gab Martin den Befehl, dass alle dreizehn Fähren, die auf der Freedom einsatzbereit waren, losfliegen und kurz vor dem Schutzschild warten sollten. Nachdem der Schild dann heruntergefahren wäre, sollten diese sofort landen und Kataner aufnehmen. Erst einmal Alte und Kinder.

Bereits fünf Minuten später wurde der Schild gesenkt und gut 250 Kataner konnten ausgeflogen werden, bis der Schild wieder aufgebaut wurde, damit der Berg auch nicht noch von außen überrannt werden konnte.

Diese Prozedur wiederholte man noch vier Mal. Damit waren nun bereits etwa 1000 Kataner in Sicherheit. Nun aber bat Martin darum, dass auf ein Zeichen hin jeweils 20 Kataner ins Freie treten sollten, die dann direkt auf die Freedom verbracht werden sollten. Dies funktionierte daraufhin dreiundzwanzig Mal, sodass sich damit nunmehr fast 6000 Kataner auf der Freedom befanden. Dann aber meldete der Computer einen Fehler im Transportsystem, sodass wieder auf die Fähren zurückgegriffen werden musste.

Über diese Methode wurden weitere zweiundzwanzigtausend Kataner gerettet. Doch nun wurde es für die wenigen verbliebenen Krieger eng, denn die Schlangen gingen nun noch aggressiver vor. Martin hatte daraufhin einen weiteren Vorschlag.

»Wie wäre es, wenn wir direkt außerhalb des Schildes die Schlangen von der Freedom aus bombardieren? Der Schild schützt eure Leute, aber die Schlangenangriffe lassen möglicherweise nach.«

Kenan nickte und auf Befehl von Martin begann das Bombardement. Tatsächlich zogen sich die Schlangen außerhalb des Berges zurück. Dafür aber griffen diese nun den Berg über das Tunnelsystem an. Viele Kataner wurden gebissen. Aber es gab auch gute Nachrichten. Das Transportsystem war wieder einsatzbereit. Dadurch konnten in den nächsten beiden Stunden viele weitere Kataner auf die Freedom verbracht werden.

Nun blieben nur noch Verletzte und restliche Soldaten der Kataner sowie der heilige Raum der Kataner. Die Soldaten trugen die Verletzten aus dem Berg, von wo diese sofort auf die Krankenstation verbracht wurden. Bis zum Abend war dann alles geschafft und alle Kataner waren an Bord. Nachdem die letzten Kataner geborgen waren, saßen Martin, Kenan, Karlin und Kobe, der Anführer der Sirius-Kataner, mit Martin in dessen Büro.

»Gut, nun sind alle Kataner gerettet. Sind nun auch alle an Bord?«

»Alle Kataner schon, aber unser Heiligtum fehlt noch. Ohne dieses können wir nicht weg«, erläuterte Kobe und Kenan sowie Karlin nickten heftig.

»Was könnt ihr mir über euer Heiligstes sagen?«, wollte nun aber Martin wissen, damit man dann einen Plan zu dessen Bergung entwickeln konnte.

Kobe begann zu erklären: »Unser Heiligstes ist eigentlich nicht nur eine Sache, sondern ein kompletter Raum von unzähligen Artefakten, die von meinem Volk über hunderte von Jahren zusammengetragen worden sind. Alle diese Dinge sind zu schwer, um sie zu tragen, und befinden sich in einem Raum im Keller des Berges.«

»Wenn diese Dinge wirklich in einem Kellerraum lagern, scheidet Transportieren schon mal aus. Kann man die Dinge zerlegen?«

»Ja, Zerlegen sollte machbar sein, aber dieser Teil des Berges wurde von den Schlangen überrannt. Von daher kommen wir da nicht mehr hin.«

»Wie wäre es, wenn wir einen Fuchspanzer direkt vor den nächstgelegenen Eingang transportieren? Nur statt einem MG montieren wir einen Flammenwerfer. Danach räuchern wir euren Berg aus. Das sollte die Schlangen vertreiben.«

Direkt nach dieser Besprechung, wurden die dementsprechenden Vorbereitungen getroffen und dann nachts wurden der Fuchs sowie zehn Soldaten transportiert. Ein Kataner war auch dabei. Den Abbau sowie das Zerlegen und Hinaustragen der Artefakte wollten die Soldaten übernehmen, da diese mehr in kürzerer Zeit tragen konnten.

Nach dem Transport des Fuchs´, wurden speziell hergerichtete Brandsätze in die Gänge des Berges geworfen und mitgebrachte Gebläse drückten den ätzenden Rauch ins Innere des Berges. Bereits wenige Minuten nach dem Start der Aktion kamen an einigen Stellen bereits die Schlangen fluchtartig aus dem Berg.

»Die Brandsätze scheinen zu funktionieren«, sagte Martin im Kontrollzentrum der Freedom an Karlin gewandt, als alle die Aktion von dort aus beobachteten.

Nach weiteren zehn Minuten kamen keine Schlangen mehr aus dem Berg und die Soldaten schnappten sich ihre tragbaren Flammenwerfer, setzten sich Gasmasken auf, überprüften ihre dick gepanzerte Kleidung und drangen dann hinein in den Berg.

Per Funk erhielten alle auf der Freedom ein permanentes Update und waren somit stets im Bilde. Die Helmkameras der Soldaten lieferten zudem realistische Eindrücke vom Geschehen.

So unbehelligt drangen die Soldaten, geführt von dem Kataner, tief in den Berg. Kurz vor dem Raum mit den Artefakten hatten sich allerdings etwa ein Dutzend größerer Schlangen postiert und schienen den Raum bewachen zu wollen. Doch gegen die Flammenwerfer waren die Schlangen machtlos und konnten schnell niedergemacht werden.

Direkt danach drangen die Soldaten in den Raum und begannen sofort mit dem Zerlegen und Heraustragen der wertvollen Teile.

Dies ging eine Stunde lang reibungslos, bis die Meldung kam, dass Schlangen in großer Zahl wieder in den Berg dringen würden. In aller Eile wurden daraufhin die letzten Stücke auf die mitgebrachten Rollwagen gepackt, der Kataner vergewisserte sich noch, dass sie alles hatten, und los ging es nach draußen. Unterwegs wurde die Gruppe bereits wieder von Schlangen angegriffen. Allerdings konnten sich die Soldaten mit den Flammenwerfern gut verteidigen. Dann war alles aus dem Berg und im Fuchs verladen. Sofort wurde dieser und alle Soldaten sowie der katanische Führer auf die Freedom verbracht.

»Damit dürfte jetzt die Mission ›Sirius‹ erledigt sein«, sagte daraufhin Martin fröhlich.

»Noch nicht ganz«, bemerkte Karlin weniger fröhlich und ergänzte noch: »Das Schwierigste steht uns noch bevor. Die Bergung unseres heiligen Schreins.«

»Ich bitte um Erklärung, Karlin, weil bislang hiervon nie die Rede war«, fragte Martin etwas ungehalten, da er insgeheim fürchtete, doch noch Personen in Gefahr zu bringen.

Wenig später saßen sich Karlin sowie Kenan und Martin gegenüber und besprachen die Situation.

»Wir haben jetzt ohne weitere Verluste eure Artefakte bergen können. Jetzt erfahre ich aber, dass es noch einen heiligen Schrein zu bergen gilt. Von daher bitte ich um eine Erklärung, weil ich niemanden in Gefahr bringen möchte. Jedes Leben ist kostbar und Sirius ist besonders lebensfeindlich.«

Kenan lächelte und begann: »Martin, du hast recht, ungehalten zu sein, denn wir hätten dir früher darüber berichten sollen. Aber wir sind auch der Meinung, dass beide Dinge getrennt voneinander zu behandeln sind.«

Da sich Martin etwas beruhigt hatte, lenkte er die Aufmerksamkeit wieder auf das aktuelle Problem.

»Nun gut, lasst uns jetzt über diesen Schrein sprechen. Und ich hoffe sehr, dass wir dann alles haben, wenn dieser Schrein geborgen wurde.«

Kenan antwortete schnell auf Martins letzte Bemerkung: »Ja, dann haben wir wirklich alles. Martin, wir Kataner sind ein sehr religiöses Volk, gerade weil wir durch unsere Fähigkeit, Gedanken lesen zu können, vielen anderen Lebewesen überlegen sind. Da wir aber diese Überlegenheit nicht schamlos ausnutzen wollen, bringt uns unser Glaube immer wieder auf den Boden zurück. Deshalb gibt es hier auf Sirius auch sehr viele heilige Stätten und auch Artefakte. Eines der heiligsten ist unser Schrein, der zudem auch eine Pilgerstätte für uns war.«

»War? Warum war? Jetzt nicht mehr?«

»Jetzt kaum mehr, weil der Schrein seit dem Meteoriteneinschlag fast unerreichbar ist, aber hierlassen können wir ihn sicher nicht. Wenn wir diesen allerdings bergen können und einen schönen Platz dafür auf Terra finden würden, wäre das für alle Kataner eine große Sache und von unschätzbarem Wert.«

»Wo nun befindet sich euer Schrei und ist dieser transportabel?«

»Dieser Schrein befindet sich am Ende einer Schlucht und war dadurch geschützt vor den unmittelbaren Folgen des Meteoriteneinschlages. Allerdings ist die Luft dort fast nicht atembar, weil voller Staub und Dreck.«

»Zeige mir bitte die Stelle auf der Karte.«

Karlin orientierte sich kurz und zeige danach auf einen Punkt recht mittig nahe des Einschlagsortes.

Nachdem Martin nun den Ort kannte, brachte er die Freedom in eine ideale Position zu diesem Punkt und ließ einen Scan des Gebietes dort durchführen. Das Ergebnis war ernüchternd.

Der Schrein in der Größe einer kleinen Hütte war fest mit dem Boden verankert und hatte deshalb den Meteoriteneinschlag unbeschadet überstanden. Allerdings war die Luft in der Gegend derart dreckgeschwängert, dass ein Transport unmöglich war.

Der heilige Schrein

»**W**ir müssen es irgendwie schaffen, das Ding raus aus der Schlucht nach oben zu bekommen. Dort ist die Luft besser und wir können transportieren. Nur wie, das ist jetzt die Frage«, sinnierte Martin.

Jetzt mischte sich Kenan wieder ein und sagte: »Da ist noch etwas. Kora und ich wurden verheiratet ohne den Segen des Schreins. Den müssen wir spätestens jetzt nachholen, denn wir beide haben das als Bedingung für unsere Ehe geschworen. Sollten wir diesen Schwur brechen, verlieren wir beide alles. Ich meine Königswürde über die Kataner, Kora ihr Leben, denn nach unseren Bräuchen würde sie von den Schamanen hingerichtet werden und damit unsere Kinder ihre Mutter verlieren. Wir beide müssen uns den Segen holen, solange der Schrein noch auf Sirius ist. Da gibt es für uns keine Alternativen.«

Martin kratzte sich am Kinn und dachte nach. Er hatte keinerlei Zweifel am Wahrheitsgehalt von Kenans Aussagen, denn er hatte diese derart eindringlich vorgebracht, dass jeglicher Zweifel ausgeschlossen war.

Dann aber hellten sich seine Züge auf und er erläuterte allen Anwesenden seine Idee.

»Erstens werden wir mit der Freedom wieder in Richtung eures Berges fliegen. Auf halbem Weg habe ich einen Wald gesehen. An diesem Wald werden wir eine Gruppe Soldaten absetzten, deren Aufgabe es ist, einige Bäume zu fällen, die wir dann auf die Freedom verbringen. Danach - und dies wäre der dritte Schritt - beziehen wir wieder hier Position. Vorher haben wir hier auf der Freedom aus den Bäumen einen überdimensionierten Schlitten gebaut, groß genug, um den Schrein zu tragen. Als vierten Schritt transportieren wir diesen Schlitten sowie zwei Fuchspanzer auf die Oberfläche von Sirius oberhalb der Schlucht, in der sich der Schrein befindet, und ziehen diesen Schlitten mit den Fuchs bis zum Schrein. Dann graben die Soldaten, die wie du und Kora auch in dem Fuchs sind, die Fundamente des Schreins aus, heben den Schrein mit den Fundamenten mittels Hydraulik-Heber an und schieben den Schlitten darunter. Dann können du, Kenan, und du, Kora, euch euren Segen abholen. Ihr tragt dabei Atemmasken. Damit solltet ihr gut atmen können und hinterher ziehen die Fuchs den Schlitten mit dem Schrein wieder nach oben. Von dort können wir dann alles wieder auf die Freedom transportieren. Ich denke, damit wäre dann alles erledigt auf Sirius und wir könnten zurück nach Terra fliegen.«

Alle Anwesenden waren erst einmal still und durchdachten Martins Plan. Karlin war dann der Einzige, der etwas sagte.

»Also, soweit ich den Plan verstanden habe, konnte ich nichts Schlechte daran entdecken. Berücksichtigt nur, dass unten im Tal extreme Winde herrschen, die es nicht gerade leicht machen, sich dort zu bewegen. Aber ansonsten finde ich den

Plan sehr gut.«

Kenan und Kora stimmten ebenfalls zu und es wurde nur ergänzt, dass Karlin ebenfalls mit zum Schrein musste - als Zeuge des eingeholten Segens. Dadurch hatte jeder Martins Plan gutgeheißen und bereits am nächsten Tag wurde dieser umgesetzt. Die ersten drei Schritte verliefen absolut problemlos und bald war die Freedom wieder stationär über dem Tal mit dem Schrein. Jetzt wurden zwei Fuchspanzer auf die Oberfläche oberhalb des Tales in der Nähe eines befahrbaren Zugangs zum Tal verbracht. Danach direkt der Schlitten. Die Soldaten stiegen aus dem Fuchs und hängten die Zugseile an die dafür vorgesehenen Bolzen hinten an den Fuchs. Die Soldaten stiegen wieder ein und so fuhren die beiden Fuchs mit dem Schlitten in das Tal. Beide Fahrzeuge nebst Schlitten erreichten unbeschadet den Schrein und funkten dieses zur Freedom. Die Funkverbindung war zwar sehr schlecht, aber Nachrichten konnten gerade so eben noch übermittelt werden.

Die Soldaten stiegen wieder aus dem Fuchs und sicherten sich jeweils mittels Seilen an den beiden Panzern. Dann begannen sie, die Fundamente des Schreins freizulegen. Während dieser Arbeit wurden die Männer immer wieder weggeweht. Zum Glück wurde aber niemand verletzt.

Als die Fundamente dann freilagen, wurde der ganze Schrein angehoben und ein Fuchs schob den Schlitten darunter. Auch dieser schwere Schritt klappte und der Schrein lag nun auf dem Schlitten. Die Soldaten sicherten nun den Schrein mittels Spanngurten und direkt danach entstiegen Karlin,

Kenan sowie Kora einem Fuchs, traten zu dem Schrein und Karlin vollzog ein kurzes Ritual.

Dann war die Zeit der Rückkehr gekommen und gerade als die Kataner wieder in den Fuchs steigen wollten, wurde der Schrein von einer extremen Windböe erfasst, zwei Sicherungsgurte rissen und der Schrein kippte vom Schlitten, genau auf Kora. Durch den weichen Untergrund im Tal saß sie fest, war aber augenscheinlich unverletzt. Allerdings wurde der lockere Sand durch den Wind aufgetürmt und drohte, Kora zu ersticken. Kenan schrie fast ins Mikrofon des Funkgerätes des Fuchs, weil er Angst um seine geliebte Frau hatte und leicht in Panik verfiel.

Marina, die neben Martin in der Kommandozentrale stand, sagte sofort: »Martin, ich muss da runter und Kora helfen.«

Martin nickte, noch völlig in Gedanken, und sagte nur noch: »Ja, Schatz, sei aber vorsichtig und nimm weitere Sicherungsgurte mit.«

Danach wurde ein Fuchs wieder raus aus dem Tal beordert, damit dieser dann Marina, weitere Soldaten und die Spanngurte aufnehmen konnte.

Jetzt musste alles schnell gehen, denn Koras Verletzungen waren nicht klar und sie drohte zu ersticken. Jetzt musste es also schnell gehen. Marina schnappte sich ihre Tasche und die ihr gereichten Gurte und wenig später war der Fuchs oben außerhalb des Tales. Marina ließ sich neben den Fuchs transportieren und stieg direkt ein. Das Fahrzeug setzte sich sodann sofort in Bewegung und fuhr in das Tal hinein.

Beim Schrein angekommen stürzte Marina

förmlich aus dem Fuchs und eilte zu Kora. Sie drohte tatsächlich zu ersticken und Marina schrie an die Soldaten gewandt: »Bringt sofort eine Plane und legt sie über Kora. An der einen Seite schaufelt Sand auf die Plane, damit sie nicht wegfliegen kann, und auf der anderen Seite befestigt sie am Schrein!«

Schnell war das erledigt und Marina kroch zu Kora unter die Plane. Dort untersuchte sie die Pantherdame und musste feststellen, dass sie sich ein Bein sowie einige Rippen gebrochenen hatte. Allerdings war Marina nicht allzu besorgt, weil jede der Verletzungen gut durch den Heilcomputer auf der Freedom zu behandeln war. Als Marina dann ihre Diagnose beendet hatte und mit der Erstversorgung fertig war, befahl sie den Soldaten, ein Halteseil am Schrein oben zu befestigen und so den Schrein wieder auf den Schlitten zu ziehen. Vorher allerdings gruben sie, Kenan und ein weiterer Soldat den Sand unter Kora weg, um den Druck des Schreins von der Patientin zu nehmen. Dieses gelang und als Kora recht frei lag, aber aufgrund ihrer Verletzungen doch noch nicht unter dem Schrein hervorgezogen werden konnte, zog ein Fuchs den Schrein wieder auf den Schlitten. Dieses Manöver gelang und die nun freiliegende Kora konnte auf eine Bahre gelegt werden und in einen Fuchs getragen werden. Kenan und Marina waren stets bei ihr.

Die Soldaten sicherten während der Bergung von Kora den Schrein mit allen verfügbaren Sicherungsseilen und als sie fast fertig waren, wurde ein Soldat von einer Schlange gebissen. In diesem

Moment griffen Hunderte von Schlagen an. Die Soldaten flüchteten sofort in den Fuchs, aber ein weiterer Soldat, der eben noch das letzte Sicherungsseil festgezurrt hatte, wurde auch noch gebissen, bevor er den schützenden Fuchs erreichen konnte.

»Hätten die nicht noch ein paar Minuten warten können, denn dann wären wir weg gewesen«, brummte Marina und fragte noch den Fahrer des Fuchs: »Warum fahren wir eigentlich nicht?«

»Frau Doktor, wir können noch nicht, da ein Zugseil noch nicht befestigt worden ist. Das wurde wohl während des Schlangenangriffs vergessen. Unser Seil ist zwar dran, aber allein kommen wir mit dem Schrein den Berg nicht hoch. Jemand muss tatsächlich noch mal raus.«

Daraufhin beorderte der Unteroffizier, der die Gruppe von Soldaten anführte, einen der Männer mit der Aufgabe, wies diesen allerdings an, sich vollständig auch mit Ausrüstungsgegenständen anderer Soldaten auszustaffieren als Schutz vor Bissen.

Nach einer gewissen Zeit war er dann so weit und einige Kameraden lachten, weil er aussah wie ein altertümlicher Gladiator. Seine Aufgabe war klar und so wurde die Hecktüre des Fuchs´ geöffnet, einige Schlangen abgewehrt, die eindringen wollten, und der Soldat stieg aus. Sofort hingen Dutzende von Schlagen an ihm, aber trotzdem gelang es dem Soldaten, das Zugseil am anderen Fuchs anzubringen. Sofort danach klopfte er an die Hecktür und wurde wieder eingelassen.

Nachdem erneut Schlangen abgewehrt worden

waren, entledigte sich der Soldat seiner zusätzlichen Kleidungsstücke, suchte sich ab und konnte feststellen, dass er unbeschadet geblieben war.

Als dies klar war, zogen beide Fuchs den Schlitten mit dem Schrein in Richtung Talausgang.

»Wenn jetzt noch die Sicherungsseile das Teil auf dem Schlitten halten, sollten wir es schaffen«, meinte der Unteroffizier an Marina und Kenan gewandt.

Durch die Last des Schreins ging es zwar nur langsam, aber doch stetig voran. Aus einem Sichtfenster am Heck sah man, dass die Schlangen nun von dem seltsamen Treck abließen und zurückblieben.

Es dauerte fast eine Stunde, bis der Talausgang erreicht war und sie wieder transportiert werden konnten. Diese Prozedur gelang und alle Fuchs sowie der Schrein befanden sich alsbald auf einem Hangar auf der Freedom. Die dort wartende Wachmannschaft musste noch mehrere Schlangen vom Schrein entfernen. Zwei wurden für weitere Untersuchungen gefangen, den Rest schickte man ins All.

Kora wurde sofort auf die Krankenstation gebracht, wie auch der verletzte Soldat. Über die gefangenen Schlangen konnte der Computer ein Gegenmittel gegen das Schlangengift herstellen. Dieses Mittel wirkte sehr schnell bei dem Soldaten und rettete ihm wohl das Leben wie auch siebzehn gebissenen Panthern. Fünf allerdings verstarben, da das Gegenmittel da wohl zu spät kam.

Karlin und Kenan bewunderten noch den Schrein, so wie er im Hangar der Freedom noch auf den Schlitten geschnallt stand. Karlin streichelte ihn sogar. Als Martin dies wahrnahm, wurde ihm endgültig bewusst, wie wichtig dieser heilige Gegenstand für die Kataner wohl war.

Dann allerdings gab es keinen Grund mehr, noch länger zu warten, und Kenan warf nochmals einen letzten Blick auf Sirius, wie er kleiner wurde und dann, als die Freedom in den Hyperlichtgeschwindigkeitsmodus eintrat, verschwunden war.

In vier Tagen also würden sie wieder auf Terra sein. Zufrieden, dass alles gut ausgegangen war, begab sich Martin in sein Quartier und fand Marina dort vor, wie sie gerade, nur mit einem Handtuch grob bedeckt, aus der Dusche kam.

»Welch schöner Anblick«, sagte er leise, aber doch so, dass es Marina gehört hatte.

Dies wurde dann klar, als sie sich ganz zu ihm umdrehte, ihn anlächelte und ihr Handtuch fallen ließ.

»Schön, dass ich dir noch gefalle, aber jetzt solltest du auch die Situation schamlos ausnutzen und deine Frau so richtig vernaschen.«

Martin nahm Marina in den Arm und merkte, dass sie leicht bebte.

»Dir ist kalt, oder?«

»Eher oder, mein Schatz.«

Martin zog sich daraufhin auch aus und schlüpfte schnell unter die Dusche. Er trocknete sich gar nicht richtig ab und eilte danach gleich zu Marina und bedeckte ihren Körper mit Küssen. Jetzt bebte Marina noch mehr und bald danach entlud sich ihre Anspannung in einem explosiven Orgasmus. Danach ließ Martin allerdings noch lange nicht ab von seiner Liebe und nach weiteren Runden lagen beide verschwitzt, aber glücklich nebeneinander.

»Ist doch auch mal schön, etwas Zeit für uns zu haben, auch wenn ich die Kinder schon vermisse«, flüsterte Marina.

»Das stimmt, ich vermisse sie ebenso, allerdings sind wir ja in drei Tagen wieder zuhause.«

»Nur noch drei Tage. Na, dann sollten wir uns ranhalten und die Zeit noch nutzen. Ich wollte breitbeinig wieder zuhause ankommen und mich damit noch etwas länger an uns erinnern und fühlen. Also los, keine Müdigkeit jetzt, denn jetzt wird geritten.«

Marina hatte dies kaum gesagt, als sie bereits auf Martin saß und das unglaublich schöne Gefühl genoss, wenn er in ihr war. Sie ritt ihn scharf und von daher dauerte es nicht lange und Martin entlud sich ebenso explosionsartig in ihr.

Beide lagen noch schwer atmend nebeneinander, als ein Zittern durch das Raumschiff ging.

Martin wusste sofort, was dies zu bedeutete, und sagte zu Marina: »Ich muss in die Kommandozentrale und nachsehen, was passiert ist.«

Noch während er dies sagte, sprang er aus dem Bett regelrecht in seine Uniform und verließ fluchtartig das Quartier. Nun kam ihm der kurze Weg von seinem Quartier in die Kommandozentrale zugute, denn gleich darauf betrat er den avisierten Raum und vernahm bereits das Alarmsignal des Computers.

»Was ist passiert? Und warum Alarm?«, rief er und der diensthabende Offizier trat auf Martin zu und meldete:

»Herr General, der Computer hat uns aus dem Hyperlichtgeschwindigkeitsmodus geholt, denn er hat einen Asteroidensturm geortet, der uns sonst getroffen und zerstört hätte.«

»Können wir diesem Sturm ausweichen?«

»Der Computer analysiert gerade diese Frage«, meldete wieder der Offizier.

»Sehr gut.«

Wenig später bereits war der Computer fertig und dessen Analyse zeigte, dass es für ein Ausweichen bereits zu spät war. Aber der Computer zeigte einen Kurs auf, auf dem die Freedom lediglich drei Mal getroffen werden würde.

»Computer, könnten wir dem Meteoritensturm davonfliegen?«

»Leider nein, die Meteoriten sind einfach zu schnell.«

»Computer, wird die Freedom zerstört werden?«

»Nein, mit einer Wahrscheinlichkeit von 92,3 Prozent.«

Nun war Martin im Bilde und konnte nur noch den Schaden, der sicher entstehen würde, minimieren.

»Schutzschilde auf Maximum und auf Unterlichtgeschwindigkeit gehen und dem berechneten Kurs des Computers folgen.«

»Computer, gibt es einen Planeten in der Nähe, auf dem wir landen könnten?«

»Ja, das ist Sirius, der in zwei Tagen erreichbar wäre.«

›Also, zurück wollte ich eigentlich nicht, aber wenn es nicht anders geht‹, dachte Martin bei sich.

»Computer, könnten wir jetzt so schnell wie möglich zurückfliegen und hinter Sirius in Deckung gehen, um nicht getroffen zu werden?«

»Ja, das ginge gerade noch so.«

»Navigator, sofort wenden und mit Höchstgeschwindigkeit zurück nach Sirius.«

Wieder Sirius

Daraufhin wendete die Freedom und sprang sofort in den Hyperlichtgeschwindigkeitsmodus in Richtung Sirius.

Allerdings fiel die Freedom nach weiteren vier Stunden Flug aus diesem Modus wegen eines Fehlers im Antrieb und damit war leider klar, dass die Freedom von Meteoriten getroffen werden würde.

»Computer, Kurs durch den Meteoritensturm berechnen inklusive möglicher Treffer und Kurs folgen.«

»Kurs liegt an. Die Freedom wird zweimal getroffen werden. Beide Ausleger werden in 35 Minuten getroffen.«

Sofort nach dieser Meldung nahm Martin Verbindung zu Scotty auf und befahl: »Scotty, alle Flugdecks und alle Maschinen sichern. Wir werden dort getroffen. Alle Mann verlassen die Hangars.«

Kurz vor dem Asteroidenfeld kam dann die Vollzugsmeldung. Jetzt hieß es: Warten auf die Einschläge und hoffen auf geringe Schäden.

Die nächsten Minuten kamen Martin unendlich vor. Die Spannung in der Kommandozentrale knisterte förmlich und dann erzitterte das ganze Schiff und Martin konnte leider Teile der Freedom ins All fliegen sehen. Kurz danach kam dann auch noch der zweite Schlag, wenn auch nicht ganz so heftig.

Der Navigator meldete daraufhin: »Wir haben

die Asteroiden passiert.«

Und fast zeitgleich rief Scotty Martin: »Herr General, ich melde leider die völlige Zerstörung von Landedeck 3 und die Beschädigung von Landedeck 4. Den linken Ausleger hat es schwer erwischt. Zudem haben wir in diesem Bereich einen Hüllenbruch, der aber aktuell durch ein Kraftfeld gekittet wird. Allerdings kann ich noch nicht sagen, wie lange dieses Kraftfeld halten wird.«

»Danke, Scotty. Das heißt nun für euch, wieder Wunder zu vollbringen.«

»Wie immer halt geben wir unser Bestes. Und eines noch: Hyperlicht steht aktuell nicht zur Verfügung. Es wäre gut, wenn wir irgendwo landen könnten wegen der notwendigen Reparaturen.«

Damit war Martin gezwungen, nach Sirius zurückzufliegen, da ohne Hyperantrieb die Reise sonst Jahre dauern würde. Der Computer berechnete ohnehin die Rückreise in normaler Lichtgeschwindigkeit mit knapp zwei Monaten. Aber es half alles nichts und so begann der Rückflug.

Die Zeit verging gefühlt nur sehr schleppend und das Wasser sowie die Nahrungsmittel würden so gerade eben bis Sirius reichen. Das bedeutete dann aber auch, dass Rohstoffe auf Sirius aufgenommen werden mussten und damit die Gefahr, wieder auf die Schlangen zu treffen, steigen würde. Mit diesem Wissen orderte er im Wissenschaftsbereich an, genügend Gegenmittel gegen das Schlangengift herzustellen und bereitzuhalten, damit im Falle von Bissen keiner zu Schaden kommen würde.

Einen Vorteil allerdings hatte diese lange Reise

doch: Da Marina mit an Bord war, hatten Martin und Marina sehr viel Zeit miteinander und diese gemeinsame Zeit nutzten beide intensiv aus.

Dann aber, nach exakt zwei Monaten langsamer Reise, erreichte die Freedom erneut Sirius. Martin suchte und fand mit Hilfe des Computers einen geeigneten Landeplatz für das riesige Raumschiff und das riskante Landemanöver gelang. Kurz vorher waren alle verfügbaren Fuchspanzer auf die Oberfläche verbracht worden und positionierten sich in einem Ring um das Raumschiff. Sofort stellte jeder Fuchs ein Schutzkraftfeld her, sodass letzten Endes ein Schutzschild von drei Meter Höhe um das Schiff stand. Genug gegen die Schlangen. Zudem ließ dieser Schutz Scotty und seinen Leuten genügend Platz, um die notwendigen Reparaturen durchführen zu können, und das in Sicherheit.

Zusätzlich waren noch zwei letzte Fuchs sowie ein Schürfroboter in der Nähe bereits dabei, notwendige Rohstoffe, in diesem Fall vor allem Eisenverbindungen, einzusammeln.

Thomas hatte seine drei Kompanien ebenso in Bereitschaft und Jagdteams waren bereits unterwegs, um Nahrung, dieses Mal vornehmlich Fleisch, aufzutreiben. Dieses war notwendig geworden durch die vielen Kataner. Denen hatte man allerdings angeraten, auf dem Schiff zu bleiben aus Sicherheitsgründen.

In den nächsten drei Wochen konnte der Schürfer seine Arbeit beenden und das Jagen war ebenfalls schon sehr erfolgreich.

Allerdings meldeten ausgebrachte Sensoren sich nähernde Schlangen in großer Zahl. Doch trotz dieser Meldung blieben alle außer den Katanern ruhig, denn man vertraute dem Halten des Energieschildes.

Die Reparaturarbeiten gingen ebenfalls gut voran und Scotty und seine Leute schienen tatsächlich wieder ein Wunder zu vollbringen. Sie mussten zwar die Hülle der Freedom mit einem Holzgerüst einschalen, was viel Zeit kostete, aber danach waren die Fortschritte an dem schwer beschädigten Ausleger unübersehbar. Martin brauchte Scotty gar nicht nach einem Status fragen, denn es genügte, einmal vor die Freedom zu treten und sich den Fortschritt anzusehen.

Nach insgesamt zwei Monaten auf Sirius sah die Freedom äußerlich wieder aus wie zuvor und es wurde lediglich noch an der Technik der Ausleger wie beispielsweise den Energiebarrieren gearbeitet.

Während der Wartezeit freundeten sich Kenans und Martins Familie an. Alle saßen oft zusammen im Wald oder in einem der Restaurants des Raumschiffes und waren bester Laune.

Dann endlich, nach insgesamt vier Monaten an Reparaturzeit, waren alle Schäden auf der Freedom behoben. Alles wurde getestet und dann einsatzfähig gemeldet.

In einer Besprechung mit Kenan und Karlin sagte Martin folgerichtig: »Ich möchte morgen nun endgültig die Heimreise nach Terra beginnen, denn die Freedom ist wieder voll einsatzbereit.«

Die beiden Kataner lächelten nach dieser Info

und Karlin meinte nur: »Dann könnten wir in einer Woche ja wieder zuhause sein.«

Martin nickte nur und legte den Abflugtermin für den nächsten Tag um 9 Uhr fest.

An diesem Abend saßen beide Familien von zusammen und alle genossen die gute Stimmung ob der bevorstehenden Rückreise.

Nach einer wieder wilden Nacht mit Marina stand Martin dennoch pünktlich in der Kommandozentrale. Er war zwar noch müde, ließ sich dies aber nicht anmerken. Dann war es so weit und die Freedom startete ihre Triebwerke und hob anscheinend mühevoll von der Oberfläche von Sirius ab und flog mithilfe von mehreren Zusatzaggregaten ins All und positionierte sich in einer stabilen Umlaufbahn.

Als wenn die Schlangen auf diesen Moment gewartet hätten, griffen sie jetzt von allen Seiten die Fuchspanzer an.

Kenan, der neben Martin stand sagte beiläufig: »Dies ist wiederum ein Beweis für die große Intelligenz dieser Reptilien. Solche Beispiele haben meine Leute vielfach, während sie noch in unserem Berg lebten, registriert.«

Martin aber hatte gerade nur Gedanken dafür, wie er alle Fuchs und alle Soldaten abziehen konnte. So senkten die Fuchs einer nach dem anderen ihre Schutzschilde und wurden danach direkt in einem Hangar auf die Freedom verbracht. Das Manöver gelang, dauerte aber, länger als ursprünglich gedacht, zwei Stunden, sodass Martin den wirklichen Abflug in Richtung Terra erst kurz nach 11 Uhr befehlen konnte.

Während der ersten Stunden der Rückreise wurden die geborgenen Fuchspanzer gründlich untersucht und man fand tatsächlich zwei Schlangen als blinde Passagiere.

Der Rest der Rückreise verlief dafür ereignislos und nach knapp vier Tagen erreichte die Freedom wieder den Orbit von Terra. Nach Absprache mit Scotty entschied Martin, die Freedom zu landen, um sie gründlich zu überholen und zu warten. Die Bewachung von Terra übernahmen einstweilen die mittlerweile sechs kleineren Schwesternschiffe.

Nach der Landung direkt vor den Instandsetzungshöhlen stiegen die Kataner aus und betraten damit größtenteils erstmals den Boden von Terra. Die Mitglieder der Kataner, die bereits auf Terra wohnten, boten ihren Volksgenossen einen großen Empfang. Dabei spielten sich teilweise herzzerreißende Szenen ab, als Familien wieder vereint wurden.

Danach zogen die Kataner auf ihre Insel ab und nahmen bereits ihren Schrein mit, der auf der Insel seinen Platz finden sollte.

Drei Tage später saßen Kenan und Karlin wieder im Büro von Martin.

»Martin, wie können wir dir nur danken für alles, was ihr auf euch genommen habt, nur um unser Volk zu retten und wieder zu vereinen? Wir haben beschlossen, in der nächsten Zeit das Areal, welches wir von den Syras erhalten haben, genau zu untersuchen und dann mit dem Bau unserer Wohnungen zu beginnen. Martin, ich informiere dich dann, wenn der Umzug von der Insel stattfinden kann. Können wir unsere Artefakte einstweilen bei euch lassen, bis wir geeignete Räumlichkeiten geschaffen haben?«

»Ja, das ist kein Problem. Richtet euch in Ruhe ein.«

Das Symbol

In den nächsten beiden Monaten wurde die Freedom generalüberholt und nahm danach wieder ihren Platz im All ein. Die Kataner hatten begonnen, ihr neues Bergareal zu erschließen und gruben fleißig eine Höhle nach der anderen. An besonders harten Abschnitten halfen erneut die Menschen mit Lasern. So kamen die Kataner schnell voran und fast exakt sechs Monaten nach der Wiedervereinigung der Kataner erhielten Martin und Marina sowie alle anderen Völkeroberhäupter eine Einladung zum größten und heiligsten Fest der Kataner.

In den Tagen davor, dachte Martin fieberhaft nach, was er als Gastgeschenk verwenden könnte. Da half ihm rein zufällig der Feldwebel, der das Schürfen auf Sirius, als sie das zweite Mal dort gewesen waren, befehligt hatte.

»Herr General, wir haben damals mehrere rosafarbene Diamanten als Abfallprodukt erhalten und mitgenommen. Was sollen wir mit denen tun?«

Martin hatte sofort eine Idee und antwortete: »Feldwebel, bringen sie mir die Steine. Je nach Güte hätte ich da eine Idee.

Wenig später erhielt Martin eine kleine Schachtel

mit den Steinen. Martin fand, dass sie zwar ungeeignet wären, um sich diese als einzelne Anhängersteine umzuhängen, aber da es 27 Stück ähnlicher Größe waren, hatte er eine andere Idee. Dazu bat er Marina, Kora dahingehend auszufragen, ob die Kataner ein besonderes Symbol hätten. Allerdings sollte sie unbedingt vermeiden, bei so einer Frage an die Diamanten zu denken.

Bereits zwei Tage nachdem Martin Marina gebeten hatte, dies in Erfahrung zu bringen, berichtete Marina: »Martin, Kora hat sich zuerst etwas schwergetan, mir ein Symbol zu nennen, aber dann sagte sie zu mir: ›Bei den Katanern gab es früher auf Sirius einen Brauch, für das Wohl des Volkes zu beten, und hierfür gab es ein Symbol für Gesundheit, Kraft und Stärke.‹ Kora hat mir das Symbol, soweit sie sich noch erinnern konnte, aufgemalt.«

Damit zog Marina einen Zettel aus ihrer Tasche und gab diesen Martin. Dieser entfaltete ihn und betrachtete die sich darauf befindliche Skizze. Diese war sicher nicht genau, aber dennoch hatte Martin dadurch einen Anhaltspunkt.

Bereits am nächsten Tag, bewaffnet mit einer Kamera, ging er in den Raum, in dem die Artefakte der Kataner gelagert wurden, und suchte nach diesem Symbol. Es dauerte mehr als zwei Stunden, bis er ein kleineres Bild in Händen hielt, auf dem dieses Symbol abgebildet war. Martin war richtig euphorisch und machte sofort ein Foto davon.

Jetzt allerdings war Detailtreue und künstlerisches Geschick gefragt. Zurück in seinem Büro bat er Rita Huber, die für die Schmuckherstellung verantwortlich war, zu sich und bat sie gleich, Hilfe mitzubringen, wen immer sie zur Herstellung eines komplexen Schmuckstückes brauchen würde.

Bereits am selben Nachmittag saßen dann Rita Huber sowie zwei Eulas-Mädchen vor Martin.

Zuerst informierte er die drei Schmuckdesignerinnen, dass es galt, ein großes Schmuckstück herzustellen zu Ehren der Kataner, die nun wiedervereint als fünftes Volk hier auf Terra wohnten und zudem Teil des Völkerbundes geworden waren.

»Das Schmuckstück ist sicher nicht dafür gedacht, dass es um den Hals getragen wird, sondern vielmehr als Artefakt mit einer besonderen Bedeutung in Bezug auf Gesundheit, Kraft und Stärke für das Volk der Kataner. Die Größengestaltung überlasse ich euch, nur macht daraus etwas ganz Besonderes. Gold ist genügend da. Daran müsst ihr nicht sparen. Allerdings bitte ich euch, absolutes Stillschweigen über unser Vorhaben zu bewahren.«

Nach diesen Informationen übergab Martin den Mädchen das Foto des Symbols sowie die rosafarbenen Diamanten.

»Diese Diamanten stammen von Sirius und könnten das Bindeglied zum Ursprungsplaneten der Kataner sein.«

Als dann die Informationsrunde beendet war, schnauften die Designerinnen durch, da Martin die Latte sehr hoch gelegt hatte. Martin hatte allerdings noch eine weitere Idee und kontaktierte deshalb Sebastian.

Als beide wenig später zusammensaßen, informierte Martin Sebastian über sein Vorhaben und bat ihn dann, weitere Details zu diesem Symbol herauszubekommen.

Sebastian versprach herauszufinden, was er konnte, bot aber auch an, das Ergebnis der Schmuckdesignerinnen vorzubegutachten, um möglicherweise noch Hinweise geben zu können. Da es nur noch sieben Tages bis zu dem großen Fest waren, mussten sich alle ranhalten.

So waren die kommenden Tage mit einer besonderen Spannung überlagert, zumindest für Martin.

Marina war superstolz auf ihren Martin ob seiner wiederum genialen Idee, wie sie fand. Als Belohnung machte Marina die Nacht wie so oft zu etwas ganz Besonderem. Trotzdem vergingen die nächsten Tage mit einer Spannung in der Luft, die sich Martin nicht wirklich erklären konnte. Er wollte, dass das Symbol etwas ganz Besonderes werden würde für ein Volk, das ebenfalls etwas ganz Besonderes war.

Dann, einen Tag vor der Feier, war es so weit und die drei Designerinnen saßen wieder vor Martin und stellten eine flache Holzkiste vor ihn auf seinen Schreibtisch.

»Da drin ist nun das Ergebnis eurer Arbeit?«, fragte Martin und die drei Damen nickten synchron. Sie waren alle nervös, was Martin sofort auffiel. Aber Martin war jetzt neugierig und fragte: »Darf ich?« Er zog die Kiste komplett zu sich heran.

»Aber ja, deshalb sind wir ja da«, sagte Rita Huber mit zittriger Stimme.

Sofort öffnete Martin den Verschlusshaken der Kiste, sah noch einmal auf die Damen, die schier platzten vor Neugier, nahm dann den Deckel in beide Hände und klappte diesen hoch. Fast enttäuscht sah Martin, dass das, was drinnen lag, in einen blauen Samtstoff gewickelt war. Er schob den Stoff zur Seite und dann lag das Werk der Damen vor ihm. Martin blieb fast die Luft weg, so atemberaubend schön war das Symbol für die Kataner. Es bestand aus mindestens einem Zentimeter dickem Gold und es war etwa 50 Zentimeter breit und 30 Zentimeter hoch. Es gingen hierbei verschiedenste Goldtöne ineinander über. Rotgold, Weißgold sowie Gelbgold bildeten eine Symphonie an Farbverläufen. Die Diamanten, nun perfekt geschliffen, zierten das Schmuckstück und machten dieses zu etwas ganz Besonderem. Martin konnte nur sagen: »Wow, wie schön ist das denn.« Jetzt entgleisten Martins Gesichtszüge von einer gewissen Anspannung zu einem totalen Glücksgefühl, welches er sofort empfand, als er das Schmuckstück betrachtete.

»Mit dieser Arbeit habt ihr euch alle selbst übertroffen und ja, das ist perfekt, so wie es ist.«

Nach diesem Satz kehrte wieder ein Strahlen in die Gesichter der drei jungen Damen zurück. Erst allmählich, aber dann urplötzlich, als alle registrierten, dass Martin seinen letzten Satz auch genau so gemeint hatte, wie er ihn auch gesagt hatte.

Wenig später stieß Sebastian zu der Gruppe und als auch ihm schier die Luft wegblieb, war allen klar, dass auf Martins Schreibtisch das perfekte

Geschenk für die Kataner lag. Martin bedankte sich daraufhin überschwänglich bei den Designerinnen und kündigte an, dass sein Dank allein es noch nicht gewesen sei und dass da noch etwas folgen würde.

An diesem Abend nahm Martin die Kiste mit dem Geschenk mit nach Hause, um es Marina, General Brandt - wenn er denn da wäre - sowie auch Thomas zu zeigen. Er wollte auch deren Reaktionen sehen. Am Abend dann saßen tatsächlich alle im Wohnzimmer von Martin und Borm und Mia waren noch dazu gestoßen.

Martin hatte das Geschenk aus der Kiste genommen und es auf den Tisch auf einen Läufer gelegt. Das blaue Samttuch verdeckte das Schmuckstück noch.

Dann saßen alle um den Tisch und Martin zog das Tuch weg. Ein Raunen war zu hören und jeder beugte sich vor, um besser sehen zu können. Borm war der Erste, der nach einiger Zeit etwas sagte.

»Also, das Ding sieht nun wirklich toll aus. Für ein ganzes Volk ein sehr würdiges Geschenk.«

Danach meinte Mia: »Ich schließe mich meinem Mann an und meine Augen können sich gar nicht sattsehen an dieser Schönheit.«

Marina nahm lediglich Martin in den Arm und flüsterte ihm ins Ohr: »Perfekt, einfach perfekt.«

General Brandt meinte anschließend: »Absolut würdig für ein ganzes Volk und unsere Freunde. Die werden Augen machen.«

Thomas und Jasmina saßen noch mit offenem Mund da und waren wie in Trance.

Als Thomas merkte, dass alle nun ihn ansahen,

meinte er nur: »An meiner Reaktion, dass ich mich nicht daran sattsehen konnte und immer noch nicht kann, erkennt ihr meine Meinung: Ein perfektes Geschenk, Martin. Das hast du großartig organisiert. Wer macht solch atemberaubende Kunstwerke?«

Martin erzählte nun, wie es zu dem Symbol gekommen war, welche Bedeutung es hatte und wer es erschaffen hatte.

Alle hatten gebannt zugehört und nickten nur. Worte waren alle gesagt.

Martin deckte jetzt das Geschenk wieder mit dem Tuch zu und legte es danach vorsichtig zurück in die Kiste. Er hatte fast das Gefühl, Enttäuschung in den Gesichtern der Anwesenden gesehen zu haben, als er es weggepackt hatte.

»Ihr seht es wieder in zwei Tagen anlässlich des Festes der Kataner, zu dem wir alle eingeladen sind.«

Den Rest des Abends saß man noch zusammen, plauderte und genoss einige alkoholische Getränke.

Martin hatte sein Ziel erreicht, zu erfahren, wie das Geschenk auf andere wirken würde. Da nun alle, die es gesehen hatten, begeistert gewesen waren, hatte er ein sehr gutes Gefühl, es den Katanern zu übergeben.

Der nächste Tag verging wie im Fluge, da sehr viel zu tun war. Dann aber war der Feiertag der Kataner gekommen und Kenan hatte Martin gebeten, den großen Saal des Gemeinschaftsgebäudes benutzen zu dürfen. Da Martin diesem Anliegen natürlich sofort stattgegeben hatte, tummelten sich an diesem Tag Hunderte von Katanern vor dem Gebäude und einige Soldaten, die Martin abgestellt hatte, führten interessierte Kataner durch das Gebäude und zeigten denen alles. Es war ein schöner Tag und die Stimmung war bei allen gut.

Wenig später trafen dann die Ältesten der Kataner ein und Katanerkrieger trugen ein Artefakt auf einem hölzernen Tragegestell vor Karlin und seine Kollegen her. Kenan, Kora und deren Kinder, um die sich zwei jüngere Katanerdamen kümmerten, folgten. Diese Prozession hielt auf den Haupteingang des Gemeinschaftsgebäudes zu und betrat dieses dann auch. Kenan und Kora traten zu Martin und Marina, die sich seitlich vom Tor positioniert hatten, und begrüßten sie herzlich.

»Wo sind eure Kinder?«, wollte Kenan wissen und Marina antwortete:

»Die sind drinnen in einem Besprechungsraum im ersten Stock, den wir heute zum Kindergarten umfunktioniert haben. Zwei Betreuerinnen kümmern sich um die Kinder, egal von welchem Volk.«

»Ah, das ist ja großartig. Kora, Schatz, bringst du die Kleinen hoch, ich muss hier noch einiges klären.«

Damit zog Kora mit ihren Kindern ab in Begleitung von Marina, die den Weg wies.

»Martin, das mit dem Kindergarten war wirklich eine gute Idee, denn Kinder könnten sonst während der doch sehr langen Zeremonie nur stören und verstehen können die Kleinen das Ganze auch noch nicht.«

Etwa zwei Stunden später begann dann die Zeremonie. Die Ältesten der Kataner stellten sich um das Artefakt, welches vorher Katanerkrieger getragen hatten, erhoben ihre Häupter in Richtung Himmel und begannen zu singen. Martin war sich bei den Tonfolgen zwar nicht ganz sicher, ob das ein Gesang war, aber er hatte aktuell keine bessere Erklärung dafür. Wenig später endete dieser Gesang plötzlich und die Ältesten schritten mit einer immer gleichen Schrittfolge um das Artefakt. Martin dachte sofort an Tanzen, wusste es aber wieder nicht besser. Dieser Wechsel zwischen Gesang und Tanz wiederholte sich dreimal. Marina, die neben ihm stand, nahm Martins Hand. Ein untrügliches Zeichen dafür, dass sie es als langweilig empfand.

Doch irgendwann war dieser Teil beendet und Kenan betrat die Bühne und stellte sich direkt vor das Artefakt. Dann drehte er sich zu allen Zuschauern, breitete seine Arme aus und rief in einer Sprache ein paar Worte, die zumindest Martin nicht verstand.

›Ich gäbe jetzt viel, wenn ich einen Übersetzer bei mir hätte‹, dachte er bei sich. Diese Worte wiederholte Kenan nun drei Mal und das letzte Mal verstand Martin plötzlich: »Ihr Götter, gewährt meinem Volk eure Gunst, segnet unseren Planeten und lenkt unser Handeln zu Frieden und Glück.«

Martin musste lächeln nach seiner ersten Überraschung, denn ihm war klar, dass Kenan ihm und möglicherweise auch allen anderen Gästen diese Übersetzung geschickt hatte.

Kaum hatte Martin das gedacht, sah ihn Kenan direkt an und nickte fast unmerklich. Die Zeremonie dauerte nun nicht mehr sehr lange und alle anwesenden Kataner stellten sich in Reihen vor die

Ältesten, die nun nebeneinander auf der Bühne standen, und jeder einzelne rieb kurz seine Stirn an die eines Ältesten. Als dies alle getan hatten und die Kataner wieder auf ihren Plätzen standen, hob Martin seinen Arm.

Kenan verstand ihn, dass er etwas sagen wollte, und erteilte Martin das Wort.

»Liebe Kataner, als erstes bedanke ich mich, dass die Oberhäupter aller Völker von euch zu eurem wohl heiligsten Fest eingeladen worden sind. Auch wenn unser gemeinsamer Start auf der Insel sicher nicht optimal war, so habt ihr uns, die wir von weither kamen, um auch hier auf Terra zu leben, geholfen, unseren gemeinsamen Feind, die Morg, abzuwehren. ›Gemeinsam‹ ist das richtige Wort, denn nun sind wir zu Freunden geworden und diese Gemeinschaft der fünf Völker - der Syras, der Canäer, der Eulas, der Kataner und uns, den Menschen - wird von nun an gemeinsam alle Geschicke dieses Planeten lenken, damit wirklich jeder glücklich und in Frieden hier auf diesem wunderschönen Planeten leben kann. Und wenn uns eure Götter auch noch gewogen sind, so wie Kenan es sich gerade gewünscht hat, dann muss das auch klappen.«

Martin gab nun einem Soldaten, der etwas abseitsstand, einen Wink. Daraufhin traten er und zwei weitere Soldaten vor. Zwei trugen ein selbststehendes Holzgestell und stellten es auf die Bühne. Der dritte Soldat trug das Holzkästchen, trat neben das Holzgestell und öffnete den Deckel des Kästchens und hielt die Öffnung Martin hin.

»Kenan, stellvertretend für dein ganzes Volk

wollen wir, die vier Völker, die jeweils wie die meisten von euch auch ihre eigentliche Heimat verloren haben, dem Volk der Kataner unseren Dank ausdrücken, dass wir nun zusammen mit euch diesen Planeten bewohnen dürfen.«

Martin zog nun den Samtstoff vom Schmuckstück in der Kiste, packte die beiden Lederbänder, die an dem Kleinod angebracht worden waren, ging zu dem Holzgestell und hängte die beiden Schlaufen der Lederbänder an die am Holzgestell angebrachten Haken. Dann trat Martin wieder zur Seite und ein Raunen ging durch die Reihen der Kataner. Kenan und Karlin traten sogleich vor und knieten sich vor das nun frei hängende glänzende Schmuckstück.

»Eines muss ich noch hinzufügen. Die eingearbeiteten Diamanten stammen von Sirius und wir haben diese anlässlich des Rohstoffschürfens auf Sirius eingesammelt. Also sind diese ebenfalls ein Stück eurer alten Heimatwelt. Ich hoffe nun sehr, euch mit diesem Geschenk eine Freude zu machen.«

Kenan erhob sich nun, ging die zwei oder drei Schritte auf Martin zu und umarmte ihn. Gleichzeitig hörte Martin in seinem Kopf eine Stimme, die sagte: ›Martin, du kannst es nicht wissen, aber dieses Symbol war von je her eines der heiligsten meines Volkes und es gab auf Sirius einst einen Tempel, in dessen Herz sich ein Artefakt befand mit genau diesem Symbol. Es ist wahrscheinlich älter als jeder noch lebende Kataner hier auf Terra. Dieser Tempel wurde durch den Meteoriteneinschlag auf Sirius zerstört und damit auch das

Symbol. Ich finde keine geeigneten Worte, die meinen Dank angemessen beschreiben könnte.‹

Direkt danach erhob sich auch Karlin und drückte ebenfalls Martin. Nun kamen nacheinander alle anderen Ältesten und bewunderten das goldene Symbol. Einige küssten es, aber alle knieten sich vor ihm hin.

Damit war wohl der offizielle Teil der Zeremonie zu Ende und die Kataner sowie auch alle Gäste genossen die Speisen und Getränke, die bereits in einem Nebenraum aufgebaut waren.

Später kamen Sertuf und Serail auf Martin zu und sagten: »Mit dem Geschenk hast du wohl absolut ins Schwarze getroffen und danke, dass du die Eulas mit eingeschlossen hast.«

»Ja, Sertuf, die Eulas haben ja auch einen wesentlichen Beitrag bei der Entstehung dieses Schmuckstückes geleistet.«

Sertuf sah nun Martin fragend an und Martin erklärte daraufhin, dass zwei junge Eulas ganz wesentlich das Symbol mitdesignt und mitgefertigt hatten.

»Aha, jetzt verstehe ich auch, warum die zwei in der letzten Zeit immer so geheimnisvoll getan haben.«

»Ja, ich hatte sie darum gebeten, alles geheim zu halten.«

So gelöst verging das Fest der Kataner und auch alle Gäste genossen es sehr.

Später, als Martin und Marina wieder zuhause waren und die Kinder im Bett waren, lagen dann beide etwas müde im Bett und Marina kuschelte sich an ihn.

»Du bist wahrlich mein großer Held. Erst hast du dieses Geschenk an die Kataner so wunderbar organisiert und dann deine Rede ... Die war ebenfalls genial und deine Worte waren absolut treffsicher. Du bist der beste Führer, den sich die Völkergemeinschaft wünschen kann. Und als Führer hast du die Aufgabe, für das Wohl aller zu sorgen. Ich gehöre ebenfalls zu denen und mein Wohl gerade im intimen Bereich benötigt deine dringende Zuwendung. Also sorge bitte wieder für mein Wohlbefinden.«

Martin hatte den Hinweis genau verstanden und rutschte unter die Bettdecke nach unten und verwöhnte seine Liebe ausgiebig. Trotz einer Müdigkeit quittierte Marina Martins Bemühungen mit einem explosiven Orgasmus.

»Aber eine meiner Aufgaben ist es auch, dafür zu sorgen, dass das Volk sich vermehrt. Hättest du etwas gegen eine Besamung?«

»Natürlich nicht und ich bestehe sogar darauf.«

Martin drehte Marina daraufhin auf den Bauch, fasste sie unter selbigen und hob sie hoch. Damit war er jetzt hinter ihr und er drang fast wie von selbst in sie ein. Marina reagierte sofort und drückte mit ihrem Becken gegen sein Gemächt, sodass er ganz eindrang. Dies entlockte ihr ein Stöhnen, welches aus ihrem Innersten kam. So angestachelt, vögelte Martin Marina und das Ganze endete in einem gleichzeitigen heftigen Orgasmus, in dem auch Martin Marina besamte.

Einige Tage später gab es wieder ein Treffen mit der Familie von Kenan und währenddessen nahm Kora Marina zur Seite und sagte: »Mir ist auch klar geworden, warum du mich vor Wochen nach einem wichtigen Symbol für unser Volk gefragt hast. Das Ergebnis habe ich während unserer Zeremonie bewundern können. Im Nachhinein bin ich froh, dass mir dieses Symbol in den Sinn kam. Ein Perfekteres hätte es gar nicht geben können. Unsere Ältesten diskutieren bereits, ob sie euer Geschenk zu einem Artefakt erklären sollen. Das wäre die höchste Stufe für nicht lebende Objekte. Danke nochmals.«

Kora nahm Marina in den Arm, und drückte sie.

»Du hattest erst vor Kurzem mit Martin Sex. Ich rieche das. Zudem solltest du dich untersuchen lassen, denn ich glaube, du bist trächtig.«

»Wir Menschen nennen das schwanger. Wir haben zwar schon zwei Kinder, aber Martin würde sich sicher darüber freuen.«

Am nächsten Tag bereits ging Marina ins Krankenhaus und der dort installierte Heilcomputer bestätigte Marinas Schwangerschaft im ersten Monat.

Marina selbst freute sich sehr über diese Nachricht, auch wenn eine Schwangerschaft in ihrem Alter doch eher selten war. Allerdings hatte sie vollstes Vertrauen in den Heilcomputer und schwor sich selbst, immer eine engmaschige Kontrolle durchführen zu lassen.

Mit diesen neuen, aber auch schönen Erkenntnissen ging Marina beschwingt wieder nach Hause. Sie konnte es kaum erwarten, die Neuigkeit Martin zu berichten.

So kam Marina zuhause an, machte sich einen Kaffee und setzte sich auf die Terrasse.

Dann aber plötzlich fasste sie einen Entschluss, stand auf und machte sich auf den Weg zum Gemeinschaftshaus. Sie wollte die Nachricht sofort Martin sagen. Etwa zwanzig Minuten später betrat sie das imposante Gemeinschaftshaus und steuerte direkt auf Martins Büro zu. Sie bemerkte allerdings die Hektik, die alle befallen hatte, die sie unterwegs traf. Martin war nicht in seinem Büro und von Hauptmann Müller erfuhr sie dann, dass er in die Kommandozentrale auf der Freedom gerufen worden war. Also musste etwas vorgefallen sein, sonst wäre er nicht dorthin.

Von Hauptmann Müller erhielt sie einen Transportschlüssel und begab sich auf die Freedom ins Kommandozentrum. Dort war dann auch Martin, der aber so sehr beschäftigt war, dass er die Ankunft von Marina gar nicht mitbekommen hatte. Allerdings merkte sie sehr schnell, was los war, denn ein Offizier meldete gerade Martin etwas lautstark und daraus konnte sie entnehmen, dass ein fremdes Raumschiff auf den Langstreckenscannern aufgetaucht war.

Ein neuer Feind?

Dann aber bemerkte Martin seine Frau, ging zu ihr hin, umarmte sie und fragte: »Was machst du denn hier?«

»Martin, ich habe dir etwas zu sagen und wollte damit nicht bis heute Abend warten.«

»Jetzt geht es aber nicht. Setz dich einstweilen in mein Büro hier auf der Freedom. Ich komme dann, so schnell ich kann.«

Marina nickte und verließ die Kommandozentrale, wandte sich nach links und öffnete dann die übernächste Tür auf der rechten Seite. Dort setzte sie sich auf die Besuchercoach und wartete. In dieser Zeit überlegte sie sich, wie sie es Martin sagen wollte.

Es dauerte fast zwei Stunden, bis Martin kam.

»Was ist los, mein Schatz, ihr wart alle so in Hektik?«

»Stimmt. Es ist ein Raumschiff auf den Langstreckenscannern der Freedom aufgetaucht. Dieses Schiff hat einen Kurs, der es genau nach Terra bringt.«

»Sind es wieder die Morg?«

»Nein, das ist sehr unwahrscheinlich, denn erstens hat Kenan deren Gedanken erforscht und keinerlei Hass gegen uns finden können, seit Aurea tot ist, und zweitens fliegt dieses Schiff recht langsam. Es verfügt also nicht über Hyperlichttechnologie. Diese Technik besitzen aber die Morg. Dieses neue Schiff wird uns in zwei bis drei Monaten erreichen. Also genügend Zeit, um uns etwas zu überlegen. Aber Schatz, du hast doch etwas, denn sonst wärst du nicht hierhergekommen. Was ist los?«

»Martin, wir hatten doch in der letzten Zeit sehr viel Spaß miteinander und dieser Spaß hat nun Früchte getragen. Sprich, deine Besamungen waren erfolgreich. Martin, wir bekommen noch mal ein Kind.«

Der werdende Vater stürzte fast Marina entgegen, umarmte sie und küsste sie heftig.

»Marina, das ist ja mal eine tolle Nachricht, aber entschuldige bitte, denn ist eine Schwangerschaft in deinem Alter nicht gefährlich?«

»Etwas gefährlicher als die letzten Male schon, aber so alt bin ich nun auch nicht und mit vierzig geht das schon noch. Zudem bin ich bei unserem Heilcomputer in den besten Händen. Ich habe mir geschworen, mich jeden Monat durchchecken zu lassen. Dann sollte nichts passieren.«

»Schatz, wie weit bist du schon?«

»Erst im ersten Monat und ich selbst habe noch nichts gemerkt. Wäre ich nicht zu der Routineuntersuchung gegangen, wüsste ich nicht von den Früchten unserer Liebe. Aber heute Abend möchte ich das mit dir gebührend feiern und zur Sicherheit wäre vielleicht eine Nachbesamung ganz schön.«

»Liebling, ich muss allerdings noch eine Versammlung kurzfristig einberufen wegen des sich nähernden Raumschiffes. Deshalb könnte es etwas später bei mir werden, aber ich freue mich auf unser drittes Kind und die Nachbesamung.«

Marina nickte verstehend und lächelte verschmitzt, wie sie es oft tat, wenn von Sex die Rede war.

Jetzt aber sagte sie nur noch: »Dann lass ich dich jetzt in Ruhe und gehe heim. Mach aber nicht so lange, denn ich habe viel Lust auf dich.«

Damit stand Marina auf, küsste Martin innig, griff ihm fordernd in den Schritt und sagte noch leise, bevor sie ging: »Den bitte auch mitbringen. Schwerstarbeit wartet auf ihn.«

Nachdem Marina bereits an der Tür war, rief Martin noch: »Warte, ich begleite dich, denn das, was ich jetzt tun muss, mache ich besser unten auf Terra. Marina, komm her.«

Marina trat die zwei Schritte auf Martin zu, dieser nahm seinen Transportschlüssel und im Nu waren beide in Martins Büro im Gemeinschaftshaus auf Terra. Dort rief er sofort seinen Adjutanten.

»Müller! Bitte sorgen Sie dafür, dass meine Frau nach Hause gebracht wird, und hinterher bitten Sie die Führer aller Völker zu mir, sagen wir um 17 Uhr.«

»Jawohl, Herr General. Gibt es ein Thema, welches ich weitergeben kann?«

»Ja, ein fremdes unbekanntes Raumschiff.«

Später an diesem Nachmittag, pünktlich gegen 17 Uhr kamen dann die Oberhäupter der Völker in das Gemeinschaftshaus und dort in den kleinen Besprechungsraum. Die Canäer wurden vertreten durch Borm und Dogul, die Eulas durch Sertuf und Zarul, die Syras durch Lupo und Muro. Martin hatte Thomas als Unterstützung erhalten sowie

165

dann noch die Kataner mit Kenan und Karlin.

»Freunde, erst einmal danke, dass ihr gekommen seid, aber ich denke, der Punkt, über den wir gleich sprechen werden, ist wichtig genug, um eine solche Zusammenkunft zu rechtfertigen.«

Danach berichtete Martin von dem sich langsam nähernden Raumschiff, welches die Langstreckenscanner der Freedom erfasst hatten.

»Heute um 11:43 Uhr hat der Computer Alarm gegeben. Zu diesem Zeitpunkt wurde das Objekt entdeckt und dessen Kurs deutet darauf hin, dass es ganz dicht an Terra vorbeifliegen wird.«

»Wie nahe kommt es uns?«, wollte nun Borm wissen.

»So wie ich den Computer verstanden habe, so dicht, dass sie Terra sehen müssen. Meine Frage an euch ist, wie wir vorgehen wollen. Noch wissen wir nichts über deren Anliegen. Diese könnten auch friedlich sein, aber auch nicht. Deshalb möchte ich euch Folgendes vorschlagen: Wir schicken ein Schwesternschiff der Freedom den Fremden entgegen. Mit Hyperlichtgeschwindigkeit würden wir sie in zwei Tagen erreichen. Dann tarnen wir uns und versuchen, mehr über die Fremden herauszufinden. Meine Idee war zudem, einen Kataner mitzuschicken in der Hoffnung, mehr über deren Pläne zu erfahren. Was meint ihr?«

Die Angesprochen überdachten den dargelegten Plan, viele nickten, aber Sertuf hatte noch eine Frage.

»Wer wird diese Mission anführen?«

»Das ist noch nicht entschieden, aber warum fragst du?«

»Ganz einfach, weil sie nicht ganz ungefährlich ist und wenn ich daran denke, dass sie euch orten können, dann wäre so ein kleines Schiff ein leichtes Ziel.«

»Würde es euch beruhigen, wenn ich selbst diese Mission anführen würde?«

»Ja und nein«, meinte Zarul. »Ja, weil wir dann wissen, dass alles optimal verlaufen würde, und nein, da das Ganze wie erwähnt sehr gefährlich wäre und wir dich hier brauchen.«

Martin dachte nun nach, aber da er gerade von der Schwangerschaft Marinas erfahren hatte, sagte er nicht sofort zu.

Kenan lächelte plötzlich und meinte: »Martin, nach so einer Nachricht würde ich mich auch zurückhalten und ja, wir werden jemanden mitschicken.«

Jetzt war Borm neugierig und fragte nach: »Welche Nachricht?«

»Borm, ganz einfach: Marina hat mir heute verraten, dass sie schwanger ist.«

»Na, das ist ja ein Grund zum Feiern. Wie viele Kinder werden es denn?«

»Borm, ich gehe von einem aus, wie bei Menschen normalerweise üblich. Aber gut, ich denke eure Anregungen durch und lasse es euch wissen, ob ich oder ein anderer guter Offizier diese Mission anführen wird.«

Nach der Zusammenkunft kam Karlin noch auf Martin zu und informierte ihn, dass er selbst diese Reise dem fremden Raumschiff entgegen begleiten würde.

Später dann, nachdem Martin noch mit einigen

anderen gesprochen hatte, bemerkte Kenan wie beiläufig: »Wenn Marina später in ihrer Schwangerschaft Hilfe benötigt, wird Kora sehr gerne ihr zur Hand gehen. Das hat mir Kora für sie mitgegeben.«

»Woher wisst ihr das?«

»Wir haben uns mit deinem Geist verbunden, weil wir etwas mehr über eine neue mögliche Gefahr wissen wollten. Dabei haben dich deine Gedanken verraten und so wusste auch Kora davon und hat mir aufgetragen, dir dies für Marina mitzuteilen.«

»Danke dir und danke auch Kora von uns, aber bis so was spruchreif werden würde, vergehen noch viele Monate.«

Nun nickten sich Martin und Kenan noch zu zum Abschied und Martin begab sich nach Hause. Dort suchte und fand er Marina nackt im Bad vor einem Spiegel, die sich ihren Bauch von der Seite her betrachtete.

Als sie Martin bemerkte, meinte sie nur: »Eigentlich ist noch gar nichts zu sehen oder was meinst du?«

»Nein, ich sehe nichts, denn du bist so schlank und schön wie immer.«

Martin umfasste seine große Liebe, drückte und küsste sie zärtlich, aber auch ein wenig fordernd.

»Martin, habe ich das gerade eben richtig verstanden und du willst mich jetzt?«

Martin sagte erst einmal nichts und zog sich lediglich aus und als Marina seine bereits pralle Männlichkeit sah, nickte sie lächelnd, kniete sich vor ihn und küsste das, was gleich in ihr sein würde.

Noch mit vollem Mund sagte sie: »Ich möchte gleich so richtig besamt werden, damit meine Schwangerschaft auch wirklich stimmt.«

Martin zog seine Frau hoch, küsste sie und schob sie dann direkt ins Schlafzimmer. Dort drängte er Marina rückwärts aufs Bett und als sie so nackt mit steifen Brustwarzen vor ihm lag, verwöhnte er sie intensiv. Er ließ erst von ihr ab, als sie einen heftigen Höhepunkt gehabt hatte.

»Das war nur zur Vorbereitung.« Und schob sein steifes Glied in sie.

Sofort begann er, Marina erst sanft und dann heftiger zu vögeln, bis beide fast gleichzeitig einen Höhepunkt hatten und er sich in ihr entlud.

Danach lagen beide schwer atmend nebeneinander und Martin meinte: »Das sollte jetzt besiegelt sein. Wann allerdings willst du es den Kindern sagen, dass sie ein Geschwisterchen bekommen werden?«

»Erst nachdem du die Nachbesamung abgeschlossen hast, mein Lieber.«

»Also nachbesamt will die Dame werden, ja, das kannst du haben.« Und war sogleich wieder in ihr.

Dieses Spiel spielten beide noch zwei Mal und nach dem letzten Mal hielt Marina ihre Hand vor ihre Scham und meinte lächelnd: »Voll, ich muss auf die Toilette, deine Kinder laufen schon aus.«

Nachdem Marina wieder aus dem Bad zurück war, kuschelte sie sich an Martin und fragte: »Was hat eigentlich die Sitzung mit den Oberhäuptern ergeben«

Nun berichtete Martin etwas detaillierter über

das fremde Raumschiff und das, was sie vorhin alles besprochen hatten. Auch das Angebot von Kora gab er in diesem Zug weiter.

»Du willst jetzt sicher meinen Segen, dass du die Mission selbst anführen kannst, stimmt´s?«

Martin antwortete nicht und nickte nur.

Dies hatte Marina bemerkt und fuhr fort: »Ich weiß, wie wichtig dir solche Missionen sind. Du allerdings weißt aber auch, wie viele Sorgen ich mir machen werde, weil ich, die Kinder und die Hunde dich brauchen. Wer vögelt mich dann, wenn du es nicht mehr kannst?«

»Also gevögelt will sie werden. Das kann sie haben. Aber im Ernst. Ich weiß genau, wie viel Sorgen du dir machen wirst, aber solch wichtige Dinge überlasse ich ungern anderen. Zudem denke ich, dass diese Mission nicht sonderlich gefährlich sein dürfte. Wir werden lediglich getarnt spionieren und sollten wir tatsächlich Kontakt haben, so kann ich sofort im Sinne der Gemeinschaft handeln. Danach kehren wir zurück und berichten. Das ist schon alles. Ich gehe davon aus, dass wir in weniger als sieben Tagen zurück sein werden.«

»Nun gut, du bekommst meinen Segen, aber nur, wenn du versprichst, vorsichtig zu sein, und du mich jetzt noch so nimmst wie vorhin.«

»Also eine Nachnachbesamung.«

»Jawohl, Herr General, und da wieder etwas Platz ist, bin ich auch nicht mehr randvoll, will es aber wieder werden.«

Martin sagte nun nichts mehr und besamte Marina noch zweimal. Das letzte Mal nahm Marina

Martins Schwanz das zweite Mal in die Hand, zog ihn aus sich raus und ließ den Rest auf ihren Bauch laufen.

»Ich bin wieder voll. Der Rest hätte keinen Platz mehr, aber diesen in deinen Hoden zu lassen, wäre ungesund, und das möchte ich auf keinen Fall.«

Die Randaner

Die Mission sollte bereits in zwei Tagen starten, denn man brauchte noch etwas, um alles vorzubereiten und die Besatzung zusammenzustellen.

Martin wählte einen guten Piloten, einen Navigator sowie Feldwebel Helmer mit zehn Soldaten aus, die ihn begleiten sollten. Dazu kam nur noch Karlin. Damit war das kleine Raumschiff voll. Scotty hatte die gesamte Technik nochmals komplett überprüft und meldete dann die neue Freedom3 als »in einem optimalen Zustand«. Die erste Freedom3 war ja leider in dem Krieg mit den Morg zerstört worden.

Dann war der Abflugtermin gekommen. Man brachte genügend Vorräte sowie Dinge, die man mitnehmen wollte, an Bord. Darunter waren aber auch Waffen. Nachdem dann alle eingestiegen waren, gab Martin Befehl zum Abflug. Später, als sie dann bereits im Hyperlichtmodus waren, saß Martin in seiner Kabine. Kabine war ein großes Wort, denn es gab lediglich drei davon und Martin würde sie eher als kleine Kammer bezeichnen, kaum größer als das eine Einzelbett, welches sie enthielt. Noch ein winziger Schreibtisch und ein kleines Waschbecken in einer Ecke rundeten das Ganze ab. Karlin hatte eine der anderen Kabinen erhalten und der Pilot sowie Navigator teilten sich die letzte Kabine mit einem Stockbett. Die Soldaten wurden alle in dem einzigen Laderaum untergebracht und schliefen in Hängematten. Also alles sehr spartanisch.

›Aber für die kurze Zeit wird es schon gehen‹, dachte Martin bei sich.

Und es ging, denn die Reise dauerte lediglich zwei Tage und vier Stunden. Dann beendete der Computer automatisch den Hyperlichtmodus und die Freedom3 tarnte sich sofort.

Nun hieß es warten, bis das fremde Raumschiff auftauchen würde. Allerdings musste die Freedom3 nicht allzu lange warten, da wurde sie schon durch die Schiffssensoren erkannt und flog nur unweit an der Freedom3 vorbei.

Als das fremde Schiff die Freedom3 passierte, machte der Computer einige Fotos von dem fremden Raumschiff. Bewaffnung, die Funkanlage und einiges mehr waren zu erkennen. Bei einer Analyse der Bilder in Martins Quartier musste er eine Lupe anlegen, konnte aber durch so etwas wie ein Fenster die Insassen grob erkennen. So wie es aussah, waren es humanoide Wesen, einem Menschen nicht unähnlich, nur ohne Haare und mit einer sonderbaren Zeichnung der Haut.

Die Freedom3 flog dem fremden Raumschiff, welches die Größe der Freedom hatte, hinterher und begleitete es dann neben ihr, aber immer noch getarnt. Plötzlich allerdings gab der Computer Alarm, weil die Freedom3 gescannt wurde.

Leider kam der Alarm zu spät, als das Martin hätte reagieren können, und die komplette Besatzung der Freedom3, also 14 Mann, befanden sich alsbald in einem Raum auf diesem fremden Raumschiff.

Martin lehnte an einer Wand und diese fühlte sich sonderbar an. Anders als Metallwände, so wie er diese kannte.

Martin fragte kurz ab, ob es jedem gut gehe, und war beruhigt, da niemand verletzt war. Karlin saß neben Martin und hatte seine Augen geschlossen.

Martin tippte ihn an, aber Karlin gab ihm nur mit einer Geste zu verstehen, dass er warten solle.

Martin wartete und nach einigen Sekunden berichtete Karlin: »Ich habe versucht, mich mit dem Geist von mindestens einem Fremden zu verbinden, um herauszufinden, was das soll, uns zu entführen.«

»Und?«

»Es ist mir nicht gelungen. Ich habe es bei mehreren Wesen versucht, wurde aber immer abgeblockt.«

»Das ist gar nicht gut und beraubt uns eines Vorteils, den wir sonst immer haben«, resümierte Martin.

Wenig später allerdings wurde eine Tür geöffnet und drei Humanoide kamen herein, die etwa die Größe eines Menschen hatten. Zwei waren bewaffnet, nur der in der Mitte war es nicht und schien der Anführer zu sein. Er hatte um seinen Hals ein Gerät ähnlich den Übersetzern auf der Freedom hängen. Dies erkannte Martin sofort und ein Blick auf Karlin zeigte ihm, dass dieser seine Gedanken gelesen und verstanden hatte.

Der Anführer der Fremden fing nun in einer zischenden Sprache an zu reden und Martin antwortete, da er wusste, dass solche Geräte etwas brauchten, um sich richtig einzustellen.

»Was sollte das, uns einfach von unserem Raumschiff zu entführen? Wir haben euch nichts getan«, beschwerte sich Martin.

Nun aber hörte Martin aus dem Übersetzer: »Wer hat es gewagt und versucht, meine Gedanken zu lesen?«

Karlin stand auf und antwortete: »Das war ich. Mein Name ist Karlin und ich bin vom Volk der Kataner und ich habe das versucht, weil ich wie wir alle hier wissen will, was unsere Entführung zu bedeuten hat.«

Der Fremde sah Karlin nur böse an, ging aber weiter nicht auf Karlins Antwort ein. Stattdessen fragte er weiter: »Wer ist euer Anführer?«

Nun war es Martin der antwortete: »Das bin ich. Mein Name ist General Berger, Führer der Allianz der Fünf. Fünf Völker, die sich zusammengetan haben, um friedlich unseren Planeten zu bewohnen.«

»Aha, ein General, der von friedlich spricht«, bemerkte der Anführer und befahl daraufhin: »Mitkommen!«

Die beiden Wachen nahmen sofort rechts und links von Martin Aufstellung und führten ihn aus dem Raum.

Im Hinausgehen sagte Martin noch: »Helmer, du hast das Sagen, solange ich weg bin. Stimme dich aber mit Karlin ab.«

Martin hörte aus dem Übersetzer des Fremden wieder zischende Geräusche. Die Übersetzung dessen, was Martin gerade gesagt hatte.

Er wurde nun etwa einhundert Meter weit in einen anderen Raum geführt, in dem bereits zwei

Personen an einem Tisch saßen.

Nachdem Martin den Raum betreten hatte, wurde ihm ein Platz den beiden bereits anwesenden Fremden gegenüber zugewiesen und daraufhin setzte er sich dorthin.

Der Nichtbewaffnete mit dem Übersetzer, der nach Martin eingetreten war, stellte nun seinen Übersetzer auf den Tisch und verließ dann sofort den Raum. Die beiden Wachen folgten ebenfalls.

»So so, ausspionieren wolltet ihr uns«, bemerkte nun der rechte von den beiden und Martin konnte deutlich die Worte aus dem Übersetzer hören.

»Ausspionieren würde ich das nicht nennen, sondern informieren, wer da auf unseren Heimatplaneten zufliegt. Ihr müsst wissen, dass wir diesbezüglich erst vor Kurzem von einem Volk attackiert worden sind und diese Auseinandersetzung nur mit Mühe gewinnen konnten. Aber nun: Bitte sagt mir, wer ihr seid und was ihr von uns wollt.«

Der erste, der gerade gesprochen hatte, wollte gerade ansetzen zu antworten, aber der andere gebot ihm mit einer Handbewegung zu schweigen und sprach selbst: »Ich bin Randar, der Dritte von den Randanern und dieses Raumschiff ist leider nun alles, was von meinem Volk übrig geblieben ist.«

»Was ist passiert?«

»Mein Volk lebte friedlich auf Rune, unserem Heimatplaneten. Wir lebten dort wohl mehrere tausend Jahre, bis vor etwa fünf Jahren uns ein Außerirdischer besuchte. Sein Name war Tollewart. Er war es, der uns vor einem Meteoriten warnte, der Tod und Verderben mit sich bringen würde.

Mein Fehler war, dass ich ihm nicht sofort geglaubt habe, und so vergingen die Jahre, ohne dass wir tätig geworden sind.«

»Aber was hättet ihr gegen einen Meteoriten tun können, der euren Planeten zerstört?«

»Er hat Rune aber nicht zerstört.«

»Was ist dann passiert?«

»Der Meteorit schlug ein und verwüstete einen Wald, aber einige Wochen später merkten wir, dass ein tödliches Virus mit dem Asteroiden unseren Planeten erreicht hatte.«

»Bitte berichte weiter, denn auch wir kennen Tollewart.«

»Das Virus breitete sich schnell aus und tötete fast alle Randaner, fast alle Tiere und die meisten Pflanzen auf Rune. Tollewart hielt uns an, ein Raumschiff zu bauen, gab uns sogar die Pläne dazu und schickte uns zu einem Planeten namens Terra und dorthin sind wir jetzt unterwegs. Leider ist unser Hyperlichtgeschwindigkeitsgenerator ausgefallen, sodass wir nur noch sehr langsam vorankommen.«

»Nach deinen Erzählungen bemerke ich erstaunlich viele Parallelen zu unserer eigenen Vergangenheit. Randar, du musst wissen, dass wir Menschen von einem Planeten namens Erde stammen, der durch einen großen fremden Himmelskörper getroffen und zerstört wurde. Tollewart war es, der uns zuerst beobachtet und mit einem Virus die Menschheit geprüft hat. Später allerdings hat er uns Bayerntaler für würdig erachtet, gerettet zu werden, und hat uns ein riesiges Raumschiff geschenkt, welches wir Freedom nennen. Dieses

Schiff steht im Orbit von Terra und seine Langstreckenscanner waren es auch, die uns über euer Näherkommen informierten. Nachdem wir gerade mit Mühe einen Feind mit Namen Morg abwehren konnten, wollten wir natürlich wissen, wer sich da nähert. Und deshalb sind wir hier. Wie viele sind noch von deinem Volk übrig?«

»Etwa 9500 sind unserem Virus entkommen. Etwa drei Millionen sind tot, wie auch Rune mittlerweile selbst unbewohnbar geworden ist, da dort nichts mehr lebt.«

Martin erzählte Randar nun von der Gemeinschaft der jetzt fünf Völker und als Beweis sorgte Martin dafür, dass Karlin sich zu ihnen gesellte. Randar war beeindruckt, dass so verschiedenartige Rassen friedlich nebeneinander existieren konnten.

Karlin drehte sich zu Martin und sagte: »Martin, deine Gedanken haben dich verraten, aber du weißt, dass so etwas einstimmig im Rat beschlossen werden muss.«

»Ja, da hast du natürlich recht, aber das Schicksal der Randaner berührt mich und wenn sichergestellt ist, dass das Virus von Rune nicht eingeschleppt werden kann, dann liegt die Idee doch nahe. Ich werde auch vorab mit Sebastian sprechen.«

»Wer bitte ist Sebastian?«, wollte nun Randar wissen.

»Er gehörte früher auch zu den ›Reisenden‹ wie Tollewart, hat aber gegen Regeln der Reisenden verstoßen und nachdem sein Raumschiff zerstört worden ist, haben wir uns auf unserer Reise nach

Terra getroffen und so ist er jetzt Teil unserer Gemeinschaft.«

»Aber was hat Karlin vorher gemeint, was einstimmig beschlossen werden muss?«

»Ganz einfach, Randar. Ob wir dem Volk der Randaner Zuflucht auf Terra und einen Sitz im Rat anbieten können.«

Jetzt lehnte sich Randar auf seinem Stuhl zurück und atmete tief ein. Dann sagte er an Karlin gewandt: »Karlin, ich erlaube dir, meine Gedanken zu erforschen, damit du merkst, dass ich kein falsches Spiel treibe.«

Und Karlin verband seinen Geist mit dem von Randar. Wenig später bedeutete er Martin, ihn allein sprechen zu wollen. Martin bat daraufhin Randar, mit Karlin alleingelassen zu werden. Dieser sagte dies sofort zu und verließ mit dem anderen Randaner den Raum.

»Martin, Randar meint es wirklich ernst und mit deiner Idee, die Randaner möglicherweise auf Terra aufzunehmen, hast du ihn schwer beeindruckt. Aber in einem Punkt müssen wir ihnen schnellstens helfen. Die Randaner leiden sehr unter der Enge hier auf dem Schiff, dessen Lebenserhaltungssysteme gerade noch so alle am Leben erhalten können. Zudem leiden sie Hunger und unter Wassermangel. Hier muss etwas passieren, sonst werden viele Randaner sterben, bis wir Terra erreichen.«

»Danke dir, Karlin, für diese Infos. Ich kümmere mich gleich darum.«

Nachdem Martin dann Randar wieder in den Raum gebeten hatte, schlug Martin folgendes vor:

»Da wir nun wissen, dass dein Volk hier auf dem Schiff leidet und das Schiff selbst Terra nur mit Mühe erreichen wird, höre dies: Bitte lass meinen Piloten, den Navigator und Karlin zurück auf unser Schiff. Sie sollen versuchen, die Freedom zu rufen. Mit ihr können wir dein Volk versorgen und sicher nach Terra bringen. Mir ist klar, dass dies für dich ein Risiko darstellt, da sich dein Schiff niemals der Freedom widersetzen könnte, aber ich selbst bleibe hier als Pfand und sei dir sicher, dass ich meine Familie wiedersehen möchte. Also, ihr habt mein Wort, dass euch nichts geschehen wird. Zudem überlassen wir euch sofort unsere Nahrungsmittelvorräte sowie unser Wasser.«

Randar dachte kurz nach und antwortete dann: »Ja, das können wir so machen. Aber du könntest auch versuchen, von hier deine Leute auf Terra zu erreichen?«

»Ja, versuchen kann ich es.«

»Also komm bitte mit in unsere Kommandozentrale.«

Martin folgte Randar und der führte ihn in eine Kommandozentrale ähnlich der auf der Freedom. Allerdings sah diese völlig anders aus. Zwischen den Konsolen hatten die Randaner Hängematten aufgehängt.

Als Randar Martins Erstaunen bemerkte, erklärte er: »Wir haben alle mitgenommen, die noch gesund waren. Von daher ist es hier eng und wir brauchen jeden Quadratmeter für unsere Leute.«

Martin nickte verstehend und begab sich dann zu dem Kommunikationspult. Allein dass Martin wusste, wo er dieses finden konnte, war für

Randar ein weiterer Beweis, dass es Martin ernst meinte.

Sofort gab Randar Befehl, Martin an die Konsole zu lassen. Dort stellte Martin dann die Frequenz der Freedom ein und versuchte dann, eine Verbindung aufzubauen. Allerdings hörte man lediglich ein Rauschen. Dies änderte sich auch nach weiteren Versuchen nicht.

»Wir sind wohl zu weit weg für eine Verbindung, aber wir könnten die Freedom3 nach Terra schicken. Dann könnten auch schon zehn Randaner mit. Was meinst du, Randar? Deine Familie vielleicht?«

»Ja, das wäre möglich. Es sind neun Personen sowie der persönliche Leibwächter meiner Frau und meiner Kinder. Dann wäre dein Schiff voll. Wie lange würdet ihr brauchen?«

»Zweieinhalb Tage nach Terra und die Freedom bräuchte ebenfalls zweieinhalb Tage hierher. Wir könnten also dein Volk in gut fünf Tagen auflesen. Haltet ihr noch so lange durch?«

Randar überlegte und sprach danach noch mit der zweiten Person, die auch schon im Besprechungsraum anwesend war. Wie sich jetzt herausstellte, war dies der Adjutant des Königs.

Danach antwortete Randar: »Gut, ich nehme deinen Vorschlag an, aber bitte sag deinen Leuten, dass sie sich beeilen sollen, denn die Lebenserhaltungssysteme halten nicht mehr lange.«

Sofort danach wurden der Pilot, der Navigator sowie Karlin auf die Freedom3 verbracht. Vorher hatte Martin noch einen Brief mit seinen Anweisungen geschrieben und diesen Karlin gegeben.

Feldwebel Helmer und die zehn Soldaten wurden in der Zwischenzeit in dem letzten freien Besprechungsraum einquartiert, nachdem Essen und Wasser noch von der Freedom3 geborgen worden war.

Während der Tage bis zum Eintreffen der Freedom zeigte Randar Martin das Schiff und Martin konnte selbst sehen, wie beengt die Randaner hausen mussten. Martin hatte einige kleine Flaschen Wasser bei sich auf dem Rundgang, genauso Feldwebel Helmer, der sie begleitete. Diese Wasserflaschen schenkte er einigen Kindern. Diese bedankten sich überschwänglich und ein kleiner Junge, etwa im Alter von Sebastian, fiel direkt vor Martins Füße.

Dieser half dem Jungen hoch, sah ihm direkt in die Augen und sagte, nachdem er eine weitere Flasche dem Jungen gegeben hatte: »Die ist für deine Geschwister und deine Eltern.«

Jetzt mischte sich Randar ein und erklärte: »Die ganze Familie von diesem Jungen ist an dem Virus gestorben. Der ist nun allein.«

Martin nickte, nahm den Jungen an den Schultern und sagte: »Wenn du auf Terra bist, besuchst du mich unbedingt zuhause. Mein Sohn dürfte so alt sein wie du selbst und ihr beiden könnt dann im Garten toben oder mit meinen Hunden spielen. Was meinst du?«

»Ja, das wäre toll und nochmals danke für das Wasser. Wo kann ich dich denn auf dem für mich fremden Planeten finden?«

»Frag einfach nach dem Haus von General Berger, das kennt jeder.«

Ähnliche Begebenheiten gab es noch einige, als Martin und Helmer ihr Wasser verteilten. Diese Aktion machte bei den Randanern schwer Eindruck.

Zurück in dem Besprechungsraum, welcher jetzt ihre Unterkunft darstellte, gab Helmer Martin noch drei Flaschen Wasser mit den Worten: »Wir haben uns ein paar Flaschen für uns zurückbehalten, denn hier ist es stickig und fünf Tage können lang werden.«

Martin dankte Helmer und brachte das Wasser zu Randar.

»Für dich. Das sind nun unsere letzten.«

Randar nahm die Getränke dankend, öffnete sofort eine von ihnen und trank diese fast in einem Zug aus.

In den nächsten Tagen konnten sich Randar und Martin etwas besser kennenlernen und Freundschaft kam auf. Randar leerte mit Martin sogar seine letzte Flasche Wein, die er noch von Rune hatte.

»Der Wein ist aber lecker und ich selbst habe auch noch einige wenige Flaschen von der Erde. Übrigens haben wir bereits begonnen, Wein anzubauen. Ob der gut werden wird, werden wir in einigen Jahren wissen. Übrigens würde ich gerne wissen, wie ihr mein getarntes Schiff aufspüren konntet?«

»Beim Bau dieses Schiffes hier musste alles sehr schnell gehen und ein Wissenschaftler hat einen kleinen Fehler gemacht. Herausgekommen ist ein Scanner, der winzigste Veränderungen im All erkennen kann und so auch euch.«

»Randar, danke dir für dein Vertrauen und wenn du auf Terra wieder mit deiner Familie vereint bist, dann besuchst du mich. Meine Frau ist gerade schwanger. Ansonsten habe ich eine Tochter, einen Sohn und zwei Hunde.«

»Martin, danke für die Einladung, die ich gerne annehmen werde, denn nach der sehr beengten Zeit hier an Bord werden sich meine Frau und meine acht Kinder sehr freuen.«

Die nächsten Tage verliefen fast langweilig. Nur einmal gab es einen Alarm, da ein System am Antrieb ausgefallen war, aber die Techniker der Randaner konnten den Fehler schnell beseitigen.

»So geht das andauernd, denn das Schiff wird gefühlt nur von Klebebändern zusammengehalten«, erläuterte Randar.

Doch dann war es so weit und fast pünktlich erschien die Freedom aus einem Hyperlichtfenster neben der Randor1, wie das Schiff der Randaner genannt wurde. Die schiere Größe der Freedom erschreckte erst die Besatzung im Kontrollzentrum, aber auch ihnen war schnell klar, dass die Freedom ihre Rettung bedeutete. Bereits nach wenigen Minuten erschienen Scotty sowie Oberst Meier in der Kommandozentrale.

Scotty, der als Erster sprach, meinte nur: »Hauptmann Angler meldet sich wie befohlen. Ich habe gehört, hier gibt es etwas zum Reparieren.«

»Hallo Scotty, schön dass ihr hier seid. Wo sind aber deine Leute?«, meinte Martin, der neben Randar stand.

»Die kommen gleich und bringen Liane, unsere

Biologin, auch mit.«

Jetzt mischte sich Oberst Meier ein, stellte sich vor und erklärte, warum Jäger und Fähren die Rador1 umkreisten.

»Die suchen nach sichtbaren äußeren Beschädigungen, weiter nichts.«

Randar nickte und kurz darauf erschien ein Dutzend Techniker von Scotty mit einigen Ersatzteilen sowie Liane, Dr. Renner und Hauptmann Müller.

Martin übernahm nun die Vorstellung und fragte danach: »Randar, wir sollten sofort beginnen, deine Leute in Gruppen zu je zwanzig auf die Freedom zu bringen. Wir beide sollten einstweilen auf die Freedom gehen, damit eure Lebenserhaltungssysteme wieder etwas entlastet werden.«

Randar nickte zustimmend, gab noch einige Anweisungen, wer mit wem sprechen sollte, und danach stellten er und sein Adjutant sich neben Martin und gleich darauf befanden sich die drei im Kommandozentrum auf der Freedom.

Randar sog hörbar die Luft ein, als er das saubere und aufgeräumte Kontrollzentrum sah.

Thomas, der die Freedom befehligte, rief sogleich »Ehrenwache Achtung!« und die vier Wachsoldaten standen stramm.

Danach übergab Thomas Martin den Befehl über die Freedom und informierte alle, dass bereits die ersten Randaner auf der Freedom angekommen wären.

Danach führte Martin seine beiden Gäste an das Registrierungspult und gab den Befehl:

»Computer zwei Personen registrieren.«

Zuerst trat dann Randar näher und der

Computer wies ihn an, seine Hand auf die Scanfläche zu legen und seinen Namen zu nennen. Alle diese Anweisung wurde in der zischenden Sprache der Randaner wiedergegeben und für Martin und Thomas simultan übersetzt.

Bei Randar hieß es dann nach der Registrierung: »Willkommen Randar der Dritte, König der Randaner. Sie sind dehydriert und es fehlen Ihnen einige Minerale zur Vorbeugung von Krankheiten.«

Bei Randars Adjutanten hieß es danach: »Willkommen Ralur, Adjutant des Königs, Sie leiden unter einem Beckenschiefstand und haben sich wohl vor noch nicht allzu langer Zeit das Knie verdreht. Ich empfehle Ihnen dringend einen Besuch auf unserer Krankenstation. Die Ärzte dort wurden von mir informiert.«

Nachdem Martin Randar und Ralur auf die Krankenstation gebracht hatte, wurden beide dort durch den Heilcomputer behandelt. Anschließend zeigte Martin ihnen das Schiff und sie konnten sich selbst überzeugen, dass es den Randanern, die bereits auf der Freedom waren, gut ging. Randar blickte nur in glückliche Gesichter. Am Ende des Rundganges waren die beiden Randaner schwer beeindruckt und saßen müde, aber auch fit und komplett gesund in Martins Büro.

»Ihr habt schon ein sehr beeindruckendes Raumschiff. Es ist wesentlich größer und besser als unsere Randor1.«

Martins Gäste genossen zudem einen vorzüglichen Wein aus dem Automaten und man plauderte angeregt.

Dann hatte Martin eine Idee und befahl: »Computer, zeige Bilder und die Geschichte der Canäer, der Eulas, der Syras und der Kataner.«

Kurz darauf erschien das Gewünschte auf dem großen Bildschirm in Martins Büro und die Randaner informierten sich über die anderen Völker auf Terra.

»So, nun wisst ihr etwas über die Völker, die Terra aktuell ihr Zuhause nennen. Übrigens, Randar, deine Familie ist, bis ihr etwas anderes habt, bei meiner Familie untergekommen.«

Mit diesem Satz drehte Martin ein Bild seiner Familie mit den Hunden, welches auf seinem Schreibtisch stand, zu Randar, damit dieser zumindest schon deren Gesichter einmal gesehen hatte. Später meldete sich Scotty bei Martin und beschrieb die große Menge an Problemen, die er auf der Randor1 entdeckt hatte. Er bemerkte am Ende seines Berichtes, dass die Randor1 so schnell nicht mit Hyperlicht würde fliegen können. Er bat am Ende darum, an Bord bleiben zu dürfen, um zu helfen, dass die Randor1 vielleicht Terra in zwei Monaten erreichen könnte. Er bat zusätzlich darum, zwei Schwesternschiffe der Freedom zu schicken, um im Notfall alle verbliebenen Personen evakuieren zu können.

Martin bestätigte den Wunsch und versprach, drei Schwesternschiffe zu schicken.

Nach insgesamt fünf Stunden waren alle Randaner auf der Freedom, waren eingewiesen und hatten ein Quartier. Besonders die Kinder fanden den Wald klasse, da viele von ihnen einen Wald nur aus Erzählungen kannten.

Nach der Fertigmeldung aller Verladeaktivitäten verblieben noch 24 Randaner sowie 9 Menschen auf der Randor1. Martin und seine Gäste begaben sich wieder in die Kommandozentrale und Martin gab dort den Befehl, mit Höchstgeschwindigkeit nach Terra zu fliegen. Wenig später war die Freedom im Hyperlichtmodus und Randar sowie Ralur wurden Quartiere zugewiesen.

Zum Abschied sagte Martin: »Mein Quartier liegt zwischen den euren. Falls ihr Lust auf ein Bier habt, kommt später einfach zu mir. Da es nun nichts zu tun gibt in den nächsten gut zwei Tagen, wäre so was sicher interessant für euch.«

Eineinhalb Stunden später klopften die beiden an Martins Tür.

Nachdem es sich beide gemütlich auf Martins Coach gemacht hatten, befahl Martin: »Computer, drei dunkle Bier bitte.«

Schon bald kam die Antwort: »Die Getränke sind fertig und können geholt werden.«

Kurz darauf hatte jeder ein Glas Bier in der Hand und die Randaner betrachteten die Blume interessiert. Sie rochen erst daran und tranken erst, als Martin dies getan hatte.

Ralur verzog erst sein Gesicht ob des ihm völlig unbekannten Geschmacks, allerdings hellten sich seine Züge beim zweiten Schluck deutlich auf.

»Ein unbekannter, eigentümlicher Geschmack, an den man sich aber gut gewöhnen kann« ,meinte daraufhin Ralur und Randar schloss sich ihm an.

Nach mehreren dunklen Bockbieren für jeden brachte Martin seine Gäste, jeder mit starker Schlagseite, in deren Quartiere und zum Abschied sagte er mit einem Lächeln: »Das, was ihr morgen spüren werdet, nennt man einen Kater.«

»Was hat denn eine männliche Katze mit Bier zu tun?«, wollte daraufhin Randar lallend wissen und fiel in sein eben vom Computer ausgefahrenes Bett.

Ein ähnliches Bild ergab sich wenig später bei Ralur.

Martin meinte noch: »Dann schlaft mal euren Rausch aus und morgen sitzt euch dann der Kater im Genick. Da muss aber jeder einmal durch.« Und verließ das Quartier. Im Hinausgehen hörte er bereits das Schnarchen von Ralur.

Aber die Reisezeit nach Terra endete ebenfalls, die Randaner hatten beide ihren Kater überwunden und verstanden nun auch, was das war. Pünktlich nach zwei Tagen und vier Stunden Flugzeit fiel die Freedom aus dem Hyperlichtmodus und näherte sich nun langsam Terra, schwenkte in eine stabile Position über dem Blütenblatt der Menschen und begann sofort, die Randaner, welche allesamt vom Computer und Liane auf den Virus untersucht worden waren auf die Planetenoberfläche zu verbringen. Durch die intensive Untersuchung war sichergestellt, dass das Virus von Rune nicht mitgereist war.

Nach Martins Anweisungen hatte man ein Dorf aus komfortablen Holzhütten erstellt. Genau in deren Mitte wurden nun die Randaner in Gruppen zu zwanzig verbracht und jede Familie erhielt eine Hütte für den Übergang, bis alles Weitere geklärt war. Randar und Martin begaben sich nach der

Ankunft direkt zu Martin nach Hause und wurden dort stürmisch begrüßt. Beide Familien verstanden sich sehr gut, die Kinder hatten sofort einen guten Kontakt und Jasmin hatte bereits ein paar zischende Worte von den Randanern gelernt. Martins Hunde tollten mit den Kindern im Garten und die Königin sowie Marina schauten dem Ganzen mit einem Lächeln zu.

Das Lächeln der beiden Frauen änderte sich schlagartig zu einem Jubel, als Martin und Randar das Gartentor öffneten und auf die Terrasse zuhielten. Marina sprang mit einem Juchzer auf und rannte Martin entgegen und sprang ihn regelrecht an und küsste ihn stürmisch. Etwas verhaltener nahmen sich wenig später Randar und Randi in den Arm und küssten sich ebenfalls.

Etwas später, als auch alle Kinder und Hunde das jeweilige Familienoberhaupt begrüßt hatten, saßen alle auf der Terrasse, Martin grillte und es gab dazu Bier.

»Aber dieses Mal ohne die Katze, bitte«, meinte Randar.

Randi, die den Scherz nicht verstanden hatte, schaute Marina fragend an. Marina selbst brauchte selbst etwas und nachdem Martin noch »männliche Katze« gesagt hatte, verstand auch Marina und lachte.

»Jetzt bitte ich aber um Aufklärung. Jeder amüsiert sich, nur ich verstehe nichts. Das ist nicht fair.«

Martin übernahm nun die Aufklärung und erklärte: »Ralur und dein Mann haben während der Reise hierher das erste Mal in deren Leben ein Bier getrunken.« Zum Beweis, was ein Bier war, stellte er eine Flasche vom ersten Terra-Bier vor Randi. »Das, Randi, ist Bier. So was wurde früher, als es die Erde noch gab, sehr gerne getrunken. Das Getränk enthält Alkohol und wenn man zu viel davon trinkt, bekommt man am nächsten Tag Kopfschmerzen. Diese Unpässlichkeit nennen wir Menschen ›Kater‹, also eine männliche Katze.«

Nun war es aber Randar, der Randi drängte, einmal Bier zu versuchen. Martin holte ein Glas und nachdem er das Bier eingegossen hatte, betrachtete Randi die Blume und roch daran. Jetzt mischte sich aber wieder Randar ein:

»Martin, das Bier auf dem Raumschiff war dunkelbraun, das hier ist aber goldgelb. Warum ist das so?«

»Randar, von Bier gibt es verschiedene Sorten. Dunkles, wie auf dem Raumschiff und Helles wie hier. Helles ist meist etwas herber, schmeckt aber auch sehr gut. Dunkles enthält mehr Malz und ist deshalb dunkler.«

Randi nahm jetzt einen Schluck und ihre Miene wechselte schnell von Erstaunen zu einer Entzückung.

»Das ist aber lecker.« Und trank das Glas ganz aus.

Ein kleiner Rülpser war die Folge und die Bitte an Martin, ob sie noch eines bekommen könne.

Randar wollte schon reagieren, aber Martin meinte nur: »Randar, du und deine Familie, ihr bleibt selbstverständlich über Nacht hier. Du und deine Frau bekommt das Gästezimmer. Eure und unsere Kleinen haben es sich ja bereits in den

Kinderzimmern gemütlich gemacht und so kann deine Frau komplett ungefährlich auch einmal eine Katze kennenlernen.«

Randar grinste jetzt und nickte.

»Randar, wenn du allerdings Sex eingeplant hattest, dann wird das heute Nacht womöglich nichts.«

Jetzt stellte Martin für alle Erwachsene je ein Bier und ein Glas auf den Tisch.

»Trinkt, denn Bier besteht hauptsächlich aus Wasser und davon hattet ihr in der letzten Zeit bekanntlich sehr wenig.«

So nahm der Abend seinen Lauf. Martin sorgte für genügend Bier und die Erwachsenen hatten eine zunehmend gute Laune. Das Ganze wurde nur unterbrochen, als die beiden Frauen - Randi bereits mit etwas Schlagseite - die Kinder ins Bett brachten. In dieser Zeit informierte Martin Randar, wo und wie sein Volk untergebracht worden war und dass morgen eine Ratssondersitzung einberufen war, zu der Randar, Randi und Ralur eingeladen waren.

Dann aber kehrten die Damen zurück und Randar meinte, das Thema wechselnd: »Dieses Helle schmeckt anders, aber auch sehr gut. Ihr müsst uns beibringen, wie es gemacht wird.«

Sehr spät löste sich die Runde auf und Randar stützte Randi. Marina wies beiden den Weg. Das Gästezimmer lag direkt neben dem Schlafzimmer von Marina und Martin.

Als beide dann etwas später im Bett lagen, kuschelte sich Marina an ihren Martin und sagte leise: »Die Randaner sind sehr freundlich und liebenswert. Randi und ich haben uns in den letzten Tagen sehr gut verstanden. Nur manchmal ist Randi für meinen Geschmack etwas zu streng zu ihren Kindern, aber wer weiß, ob wir das nach dem Erlebten nicht auch wären. Randi hat erzählt, dass sie mitansehen musste, wie ihre Schwester und ihre Eltern qualvoll an diesem Virus gestorben sind.«

Wenig später allerdings hörten beide recht eindeutige Geräusche aus dem Gästezimmer und da drehte sich Marina zu Martin, grinste frech und meinte ganz trocken: »Also, wir scheinen niemanden zu stören und damit, Herr General, heißt es jetzt strammstehen und ficken, was das Zeug hält. Wir haben viel nachzuholen.«

Schon deckte sie Martin ab und leckte sich genüsslich die Lippen, als sie sah, dass er bereits strammstand. Sofort setzte sie sich auf Martin und ein wilder Ritt begann. Er endete in einem lauten, sich plötzlich entladenden Orgasmus von beiden.

Kichernd lagen dann beide wieder nebeneinander und außer Atem flüsterte Marina: »Hör, Martin, die tun es uns gleich.«

Denn in diesem Moment hatten die Randaner ebenfalls einen Höhepunkt.

»Na, jetzt sollten wir uns nicht lumpen lassen. Auf, auf zur nächsten Besamung.«

In dieser Nacht schien Marina unersättlich zu sein und nebenan war anscheinend auch einiges geboten, bis man plötzlich im Schlafzimmer von Marina und Martin ein lautes Schnarchen vernahm. Dieses Geräusch kam allerdings aus dem Gästezimmer.

»Martin, ich bin froh, dass du länger durchhältst, und das solltest du uns nun auch beweisen.«

Nach weiterem Sex, bei dem Martin sich sehr anstrengte und einen intensiven und lauten Höhepunkt bei Marina erntete, sagte sie dann schnippisch: »So, stopp jetzt. Ich bin voll und ich spüre, dass du wieder da bist. Das ist so schön, wenn alles gut benutzt ist und etwas brennt.«

Am nächsten Morgen dann lernte Randi ihren Kater kennen. Da aber Marina gewusst hatte, was kommen würde, hatte sie bereits genügend Wasser und einen starken Kaffee gemacht.

Randi sah nicht frisch aus und musste sich einiges an Frotzeleien anhören. Allerdings reagierte sie perfekt.

»Also, das Bier gestern war super und hatte eine stimulierende Wirkung auf mich. Schatz, was sagst du?«

Randar schien ein wenig verlegen und wollte ablenken.

»So wie es sich angehört hat, habt ihr aber auch ausgiebig Wiedersehen gefeiert.«

Marina war aber auch gut drauf und antwortete etwas frech: »Nur dass wir kein Bier dafür brauchen. Mein Martin schwängert mich auch ohne Alkohol und das macht auch noch Spaß.«

Nach dieser Aussage rief Randi: »Du bist schwanger?« und zuckte gleich schmerzhaft zusammen. Ihr Kater hatte ihr wieder angezeigt, dass er noch da war.

»Ja, ich bin schwanger, aber das ist schon vor Martins letzter Reise passiert.«

Nun aber brachte Martin das Gespräch wieder

auf eine normale Ebene.

»Die Ratsversammlung ist um 17 Uhr. Dort solltet ihr fit erscheinen, denn da lernt ihr alle anderen Führer der fünf Völker von Terra kennen. Randi, du hast also genügend Zeit, um richtig wach zu werden. Marina wird dir helfen. Randar, möchtest du, dass ich dir einiges hier zeige?«

»Ja gerne, ich bin schon sehr gespannt.«

Daraufhin orderte Martin einen Fuchs und mit ihm zeigte er Randar das imposante Gemeinschaftshaus, das Dorf der Eulas, der Canäer sowie der Syras. Anschließend ging er mit ihm durch das Dorf der Menschen, welches das größte war, und zeigte ihm die Baustelle der Katanersiedlung. Nach den bewirtschafteten Feldern, den Rohstoffbeschaffungen führte er ihn zum Lager seines Volkes.

»Das sieht alles wirklich schön und durchdacht aus. Die Holzhütten für meine Leute sind zwar einfach, erfüllen aber im Augenblick ihren Zweck. Vielen herzlichen Dank einstweilen.«

Inzwischen hatten sich sowohl Randar und Martin wie auch Randi und Marina angefreundet. Da nun beide Familien auch zusammenwohnten, wurde dies nur noch verstärkt.

An dem nun folgenden Nachmittag holte Martin Randar sowie auch Ralur aus deren provisorischem Dorf und setzte Randi bei Martins Haus ab, um alle später zur Ratsversammlung zu bringen. Als Randi aus dem Haus kam, hatte sie ein enges Kleid an, sah atemberaubend aus, einer Königin würdig.

»Randar, du hast eine großartige Frau und

Königin«, bemerkte Martin, als Randi auf den Fuchs zuging.

Nachdem Randi eingestiegen war, fuhr der Fuchs in Richtung Gemeinschaftshaus ab. Dort angekommen, waren bereits die ersten Ratsmitglieder anwesend. So stellte Martin die Randaner Borm und Dogul vor. Diese unterhielten sich danach bereits angeregt und schienen Sympathien füreinander zu hegen, obwohl sie doch grundverschieden waren.

Später dann, als alle anwesend waren, stellte Martin die Gäste vor, kam dann aber gleich zu dem einzigen Tagesordnungspunkt: einer möglichen Aufnahme der Randaner auf Terra.

Martin hielt ein flammendes Plädoyer zugunsten der Randaner, da er sie erstens als sehr freundlich und friedvoll kennengelernt hatte und zweitens da Tollewart, der Retter der Bayerntaler, ebenfalls etwas Positives in diesem Volk gesehen haben musste, denn sonst hätte er ihnen nicht geholfen. Sebastian, der ebenfalls anwesend war, bestätigte diese These.

Karlin von den Katanern berichtete danach darüber, dass zwar Gedankenlesen bei den Randanern nicht möglich wäre, es sei denn sie ließen dies bewusst zu. Da aber Karlin in Randars Gedanken hatte lesen dürfen, berichtete er, keinerlei hinterhältige Gedanken wahrgenommen zu haben.

»Was aber nicht heißt, dass dort keine sind, sondern nur, dass du, Karlin, keine gefunden hast«, bemerkte sogleich der scharfsinnige Sertuf von den Eulas.

Allerdings liefen die Diskussionen eher in die

Richtung eines Verbleibes als lediglich eines Zwischenstopps.

Martin wollte aber bald zu einer Abstimmung kommen und sagte: »Ich selbst bin für eine Aufnahme, da Tollewart in den Randanern Positives gesehen hat, denn sonst hätte er nicht geholfen. Da nun auch wir Menschen Tollewart unser Leben verdanken, deshalb schon kann und will ich nicht dagegen sein.«

Sertuf stellte jetzt eine Frage, mit der Martin gerechnet hatte: »Wir haben erst kürzlich die Katater aufgenommen und die Syras haben ihnen Land überlassen. Wo auf Terra sollen sich die Randaner ansiedeln?«

»Sertuf, deine Frage ist absolut berechtigt. Die Randaner sind ein humanoides Volk. Von daher wäre es nur logisch, dass wir Menschen unser Blütenblatt mit ihnen teilen sollten. Ihr wisst, wir Menschen haben einen internen Rat. In den letzten Stunden habe ich mit allen Mitglieder dieses Rates sprechen können und die Antwort aller war eindeutig. Zu Beginn der Ansiedlung haben wir überlegt, unser Dorf in dem großen fruchtbaren Tal im Norden, das mit dem Zugang zum Meer, zu bauen und nur das nahe gelegene Sumpfgebiet sowie die große Entfernung zu unseren Rohstoffen hat uns davon abgehalten. Ich darf daher dir, Randar, Randi und eurem ganzen Volk dieses Tal anbieten, wenn wir weiterhin den Zugang zum Meer nutzen können.«

»Na, wenn das so ist, dann ziehe ich meine Bedenken zurück«, meinte Sertuf nun.

Dadurch wurde jetzt abgestimmt und das

Ergebnis war einstimmig für einen Verbleib. Zudem wurden Randar sowie Ralur, aber auch Randi ein Sitz im Rat der nun sechs Völker angeboten und den neuen Mitgliedern die Regeln erläutert.

Damit waren die Randaner nun auf Terra integriert.

Beim Hinausgehen nahm Randi Martin in den Arm, drückte ihn und sagte leise: »Vielen Dank für alles, was du für uns getan hast. Ich bin froh, dass ihr unser Raumschiff entdeckt habt und uns entgegengeflogen seid. Damit habt ihr das Leben aller Randaner gerettet, denn unser zusammengeschustertes Schiff hätte Terra vielleicht nie erreicht. Zumindest haben es zwei unserer Techniker so gemutmaßt, als ich sie einmal belauscht habe. Und jetzt dein Einsatz hier im Rat ... Von Herzen danke und übrigens, wenn wir unser neues Zuhause fertig haben, dann müssen du und Marina unbedingt mal kommen und Bier mitbringen.«

Fast genau zwei Monate später erreichte das Raumschiff der Randaner Terra. Scotty berichtete von einigen kritischen Situationen, die bei einer Vollbesetzung zu einer Katastrophe geführt hätten. Selbst für die Notbesetzung waren kritische Situationen dabei.

Aber glücklicherweise kam die Randor1 und seine Notbesatzung unbeschadet an und landete mit Mühe unweit des Tales und der neuen Heimat der Randaner. Diese entluden ihr Raumschiff und begannen jetzt, die provisorischen Holzhütten teilweise abzubauen und für die Baumannschaften in der Nähe des Tales an einem Bach wieder zu errichten. Scotty und seine Leute widmeten sich in dieser Zeit der Randor1. Zusammen mit den Technikern der Randaner machten sie eine komplette Generalüberholung und nach drei Monaten war die Randor1 kaum wiederzuerkennen und erstrahlte als nagelneues, voll funktionsfähiges Raumschiff. Direkt der erste Startversuch funktionierte und die Randor1 bezog eine Position im All in Sichtweite zur Freedom.

Die Randaner legten nun das Sumpfgebiet trocken, um von Beginn an eine Mückenplage zu verhindern und noch mehr fruchtbares Ackerland zu erhalten. Sie liehen sich zudem schwere Baumaschinen von den Menschen aus, sodass sehr schnell deren Stadt wuchs. Der Grundriss der Stadt war gut durchdacht und man hatte bereits begonnen, den Königspalast zu errichten.

Bereits nach einem halben Jahr standen die wichtigsten Gebäude und die Felder waren bestellt. Während eines Rundganges zeigte Randar Martin alles. Martin war sehr erstaunt, was die Randaner in der kurzen Zeit alles hingestellt hatten.

Der Umzug der Bevölkerung von dem provisorischen Camp in die neue Stadt war gerade beendet worden.

Deshalb sagte Randar zu Martin: »Zur Feier des Bezuges der Stadt Randerra planen wir ein großes Fest auf unserem neuen Marktplatz. Mein Volk und ich würden uns sehr freuen, wenn wir Marina, dich und viele Menschen sowie Abordnungen aller anderen Völker dazu begrüßen könnten. Bitte gib diese Einladung an deine Leute und an die anderen Völker weiter. Zeitpunkt wäre dann genau in zwei Wochen. Wenn ich die Regeln des Rates der Völker richtig verstanden habe, hat jedes Mitglied das Recht, eine Versammlung einzuberufen. Ich werde eine solche nächste Woche einberufen und die Einladung somit an alle Völker aussprechen. Unsere Jäger sind bereits unterwegs, um für genügend Leckereien zu sorgen.«

Tollewart

Nachdem Randar tatsächlich eine Ratsversammlung einberufen hatte, waren alle Mitglieder im großen Sitzungssaal anwesend. Martin stellte kurz die Vollständigkeit fest und übergab das Wort direkt an Randar.

»Kollegen und Führer der Völker hier auf Terra, ihr habt mich und mein Volk in so wunderbarer Weise in eure Gemeinschaft aufgenommen. In diesen vergangenen Monaten seid ihr zu Freunden geworden. Da man bekanntlich mit Freunden feiert und wir uns nun so ziemlich eingerichtet haben, wollen wir nach einer anstrengenden Zeit nun das Erreichte feiern. Deshalb lade ich alle - und wirklich alle - zu einem großen Fest am Freitag nächster Woche ein. Ich und mein Volk würden uns sehr freuen, euch alle und eure Völker bei uns begrüßen zu dürfen. Wir sorgen für Essen und Trinken. Ihr müsst lediglich gute Laune mitbringen.«

Murmeln im Saal setzte ein, aber bevor jemand etwas sagen konnte, erfüllte weißes Licht den Saal und jemand erschien sitzend auf dem Tisch von Martin. Da dieser Ankömmling mit dem Rücken zu Martin saß, konnte dieser ihn nicht sofort erkennen.

Jetzt aber drehte er sich zu Martin um und dieser rief erstaunt aus: »Tollewart, du hier?«

Jetzt wurde das Murmeln lauter, denn jeder

kannte den Namen und das, was dieser Mann getan hatte.

»Tollewart, bitte erkläre uns den Grund deines Hierseins, denn mit dir konnten wir wirklich nicht rechnen.«

»Meine Herren, auch im Kosmos gibt es Dinge, die nicht vorhersagbar oder berechenbar sind. So ein Ereignis hat leider stattgefunden. Ein Stern ist explodiert und hat in diesem Zuge drei Planeten völlig zerstört. Ein riesiges Bruchstück eines dieser Planeten rast nun direkt auf Terra zu und wird den Planeten in zwei Monaten und einundzwanzig Tagen zerstören. Da mir Terra besonders am Herzen liegt und, wie ich sehe, nunmehr sechs Völker diesen friedlich bewohnen, bin ich hier, um euch einmal zu warnen und um möglicherweise gemeinsam einen Ausweg zu finden.«

Es war still geworden im Saal. Jegliche Fröhlichkeit war aus den Gesichtern eines Jeden gewichen.

Martins Gehirn arbeitete aber auf Hochtouren und Tollewart drehte sich wieder zu ihm um und sagte: »Ja, deine Gedanken haben viel Potenzial und wenn wir genügend Sprengkraft aufbringen, um den Brocken um zweikommadrei Grad abzulenken, dann wäre die Gefahr gebannt.«

Hoffnung flammte nun wieder in den Gesichtern aller auf, aber auch viele Fragen, deshalb erläuterte Martin seine Gedanken.

»Ich habe mir überlegt, ob es nicht möglich wäre, diesen Brocken seitlich zu beschießen oder zu sprengen, um ihn zu zerstören oder von seiner Flugbahn abzulenken. Den Aussagen von Tollewart - sei übrigens herzlich gegrüßt - entnehme ich, dass eine Zerstörung ob seiner Größe nicht möglich sein wird, aber vielleicht ein Ablenken. Wir verfügen aktuell über zwei große Raumschiffe und fünf kleinere. Damit sollten wir doch etwas machen können.«

Martin sah, wie Tollewart nachdachte. Plötzlich hellten sich seine Züge auf und er kommentierte Martins Aussagen: »Ja, das könnte gehen, allerdings müsstet ihr ein Raumschiff opfern.«

»Wie das?«

»Mit meiner Hilfe müsst ihr einen hochwirksamen Sprengstoff herstellen. Dann müsst ihr ein Raumschiff damit füllen, mit diesem auf dem Brocken landen und diesen dann sprengen.«

»Gibt es die Möglichkeit, das Raumschiff fernzusteuern?«

»Nein, aber den Piloten könnten wir im letzten Moment aus dem Raumschiff transportieren. Das sollte gehen.«

»Aber ein Problem gibt es noch …«

»Und das wäre?«, fragte Martin.

»Zur Herstellung des Sprengstoffes braucht ihr Rohstoffe, die es auf Terra nicht gibt.«

»Wo finden wir die?«

Tollewart zog nun so etwas wie ein Tablet aus seiner Kutte und nach einiger Zeit beantwortete er Martins letzte Frage: »Der nächstgelegene Planet, auf dem wir alles finden, ist Sirius.«

Kenan, Karlin und Kobe stöhnten nun hörbar, denn der ursprüngliche Heimatplanet der Kataner war jetzt von aggressiven giftigen Schlangen bevölkert.

Martin versuchte nun, die Aufmerksamkeiten

auf die Sache zu lenken, indem er den begonnenen Plan weitersponn.

»Na, dann bleibt nur eines: Wir müssen mit der Freedom hin und nach den richtigen Rohstoffen schürfen. Tollewart, du musst uns sagen, was genau wir brauchen und in welchen Mengen. Wo wir das alles finden, wird uns hoffentlich der Computer verraten.«

Tollewart nickte und sagte: »Alle Informationen hat euer Computer jetzt in dem Ordner ›Sprengstoff‹. Aber beeilt euch, denn die Herstellung kostet Zeit und die wird immer knapper, denn der Brocken nähert sich.«

»Randar, dein Fest muss warten, bis die Gefahr des Brockens beseitigt ist, dann aber feiern wir richtig. Tollewart, du bist hierzu herzlich eingeladen und dort wirst du dann auch einen Kameraden von dir treffen.«

»Ja, ich weiß. Sebastian ist bei euch. Ich bin gespannt, was er zu berichten hat.«

Martin wollte nun den Plan finalisieren und ordnete den Abflug der Freedom direkt für den nächsten Morgen an.

»Tollewart, kommst du mit?«

»Ja gerne, denn ich freue mich, mein altes Schiff wiederzusehen.«

In den nächsten Stunden wurden Fähren, beide Schürfer, alle vorhandenen Palisaden und alle Jäger auf die Freedom verbracht, benso wie Nahrungsmittel und Wasser. Um 4 Uhr am nächsten Morgen war alles vorbereitet.

Die drei leitenden Offiziere, Martin, Thomas und Oberst Meier standen in der Kommandozentrale der Freedom. Zu ihnen gesellten sich noch Tolle-wart und Sebastian.

Als dann alle da waren, gab Martin den Befehl zum Abflug in Richtung Sirius.

›Ich dachte zwar, diesen unfreundlichen Plane-ten nicht mehr sehen zu müssen, aber gut, wir brauchen nun mal die Rohstoffe, um Terra zu ret-ten‹, dachte Martin bei sich, als die Freedom in den Hyperlichtmodus sprang.

Die Reise war recht kurz, so zumindest empfan-den dies Martin, Thomas und Kurt. Dann stand die Freedom stabil über Sirius und der Computer scannte und suchte nach den benötigten Rohstof-fen.

Als die Scans fertig waren, wurden drei Stand-orte angezeigt, an denen sie alles finden sollten. Zwei davon lagen weit entfernt von dem vermute-ten Zentrum der Schlangen, allerdings war ein Standort diesem sehr nahe, leider.

»Wir sollten mit den Standorten beginnen, die weiter weg sind, und in der Zwischenzeit weiter die Gegend um den letzten Fundort untersuchen. Ich schlage vor, die beiden Schürfer gleichzeitig je an einem Ort einzusetzen und mit einem Schutz-schild zu sichern. Kurt, übernimmst du das?«

»Natürlich.«

Das Schürfen an den ersten beiden Fundorten verlief problemlos, nur stellte man fest, dass die Schlangen sehr schlau waren und sich unter den Schutzschilden durchgruben und so hinter diese gelangten.

Nach diesen Erkenntnissen passten sie ihre Stra-tegie an und setzten auf einen Metallschild, der tief eingegraben werden konnte und unter Strom gesetzt wurde, sodass die Schlangen bei dessen Berührung regelrecht gegrillt wurden. Dies schien erst einmal zu funktionieren.

Nach drei Tagen des Schürfens waren die ersten beiden Fundstellen ausgebeutet. Das Ergebnis allerdings war ernüchternd. Lediglich zwanzig Prozent der benötigten Mengen konnte gefördert werden. Damit mussten sie die letzte, aber auch mit Abstand gefährlichste Fundstelle angehen.

Martin hatte das ob der Gefährlichkeit eigentlich vermeiden wollen, aber die Ergebnisse der anderen beiden Schürfstellen zwangen ihn zum Umdenken.

Es war alles vorbereitet und man wollte diese letzte Stelle mit beiden Schürfern so schnell wie möglich ausbeuten.

Zuerst wurden Fähren gelandet, die sofort Schutzschilde aufbauten, dann erst stiegen Soldaten aus und platzierten Lanzen für einen größeren Schild. Der nächste Schritt war das Transportieren von zwei Fuchspanzern, die über die Lanzen einen großen Schild zogen. Es folgten Minibagger und die Metallelemente, die tief eingegraben wurden. Zu guter Letzt wurde ein Generator aufgestellt, mit dem Metallzaun verbunden und eingeschaltet. Damit war die Sicherheit - soweit möglich - hergestellt und die Schürfer wurden transportiert und begannen sofort mit ihrer Arbeit.

Martin befahl, den Bereich peinlich genau zu überwachen und die Truppe sofort zu warnen. Zudem stattete er mehrere Soldaten mit Flammenwerfer aus für den Fall, dass Schlangen in das

Geviert dringen sollten.

Die ersten Stunden des Schürfens verliefen gut. Dann aber kamen sie zu Hunderten vom ehemaligen Berg der Randaner, welcher wohl nun deren Heimat und Hauptsitz war.

Martin befahl daraufhin, diesen Berg mit Brandbomben und allem zu beschießen, was die Schlangen ablenken könnte. Und siehe da, ein großer Teil der Schlangenarmee zog sich schnell zurück. Der Rest allerdings griff nun an. Teile begannen, unter die Erde zu kriechen, und kamen danach hinter dem Metallzaun wieder raus. Nun waren die Flammenwerfer gefragt, die diesen Teil der Schlangen auch lange aufhalten konnten. Dann aber kamen sie weit hinter den Zaun und teilweise sogar hinter den Soldaten aus dem Boden und sprangen die Soldaten manchmal regelrecht an und verletzten viele.

Jetzt begannen sich die ersten Soldaten mittels ihres Nottransportschlüssels direkt in die Krankenstation der Freedom zu transportieren, da sie vielfach gebissen worden waren. Dadurch wurde die Zahl der sich mit Flammenwerfern wehrenden Soldaten immer geringer.

Martin bemerkte dies und schickte die Ersatzsoldaten direkt stark gepanzert und gleich mit Flammenwerfern bewaffnet zur Schürfstelle. Die nicht so stark gepanzerten Soldaten wurden zurückgerufen.

»Uns muss etwas einfallen, um die Schürfstelle besser gegen die Schlangen zu schützen«, beschwerte sich Martin anlässlich der nächsten Besprechung in seinem Büro.

»Wie wäre es, wenn wir die Schutzschildlanzen tief eingraben und an der Oberfläche uns mit Palisaden schützen?«, meinte Thomas plötzlich.

Martin fand darauf sein Lächeln wieder und sagte: »Thomas, das ist genial. Das machen wir. Nur müssen wir den Umbau jetzt hinbekommen, während die Schlangen schon angreifen. Können unsere Minibagger dicht gemacht werden, sodass keine Schlange dort eindringen kann?«

Scotty, der ebenfalls an Bord und im Raum anwesend war, überlegte kurz und nickte danach.

»Ja, das ginge.«

»Dann machen wir das wie folgt: Du, Scotty, dichtest alle drei Minibagger ab. Die verbringen wir dann außerhalb der Metallzäune. Dort graben sie erst alle zwei Meter ein Loch, so tief, wie eine Lanze hoch ist. Danach bauen gut gepanzerte Soldaten diese ein, verbinden sie mit dem Generator und schalten den Schild ein. Wenn alles funktioniert, sollten keine Schlangen mehr über diesen Sektor angreifen. Im positiven Fall sollen die Minibagger dann den Ring schließen und anschließend einen Graben innerhalb des Lanzenschildes, aber außerhalb des Metallzaunes für die Palisaden ziehen. Gepanzerte Soldaten mit Flammenwerfern säubern danach den Bereich zwischen Schild und Zaun. Dann wird die Palisade gestellt. Als letzten Schritt müssen wir alle Schlangen innerhalb des Metallzaunes grillen, den Strom am Metallzaun abstellen und den Metallzaun entfernen. So sollte es gehen.«

Alle nickten und machten sich ans Werk. Die Minibagger hoben die Löcher für die Lanzen aus. Die

Lanzen wurden danach eingebaut und der Schild funktionierte. Nach und nach wurde der Ring um die Schürfstelle geschlossen und die Soldaten hinter dem Metallzaun konnten nun den nachlassenden Strom an Schlangen gut bekämpfen. Bald war alles innerhalb des Metallzaunes schlangenfrei und dieser konnte entfernt werden.

So geschützt verliefen die nächsten Schürftage problemlos.

Nach ein paar Tagen fragte Martin bei dem Hauptmann nach, der das Schürfen leitete: »Wie ist der Stand und wie lange dauert es noch, bis wir hier fertig sind?«

»Herr General, wir haben die benötigten Rohstoffe bereits zu zweiundsiebzig Prozent fördern können und für den Rest haben wir noch zwölf Tage berechnet.«

»Noch so lange? Aber gut, es hilft wohl nicht, ungeduldig zu sein, aber ich traue den Schlangen nicht. Die sind schlau und hecken bestimmt etwas aus. Was sagen die Scans?«

»Laut den Scans haben sich die Schlangen in den Berg verzogen. Außerhalb sind derzeit kaum Schlangen zu sehen. Zumindest deutlich weniger als sonst.«

›Genau das ist ja so verdächtig‹, dachte Martin bei sich und befahl: »Höchste Alarmbereitschaft für die Mannschaften, die etwas mit der Schürfstelle zu tun haben!«

Mancher Soldat und mancher Offizier, die in Bereitschaft auf der Freedom auf ihren Einsatz warteten, sahen Martin ganz erstaunt an ob der Alarmbereitschaft, sagten aber nichts.

Weitere zwei Tage verliefen ereignislos, bis dann plötzlich im Camp bei der Schürfstelle Alarm gegeben wurde. Ein Soldat war in den Boden eingebrochen und sofort von vielen Schlangen attackiert worden. Die Schlangen hatten sich tief unter dem Schutzschild durchgegraben und griffen nun an.

Martin schrie auf der Freedom, als er das mit dem Soldaten mitbekam: »Sofort in die Schürfer und Fuchs zurückziehen!«

Die Soldaten reagierten sofort, sodass niemand weiter gebissen wurde außer dem, der eingebrochen war. Seine Kameraden konnten ihn aus dem Loch ziehen und in einen Fuchs bringen.

Den Rest des Tages wurde mit geschlossenen Schürfern sowie auch geschlossenen Fuchs gearbeitet. Dann allerdings brach ein Schürfer seitlich ein und der Grund war nicht natürlich. Ein Fuchs musste den schiefstehenden Schürfer, der umzukippen drohte, wieder aufrichten. Leider war man am Ende des Tages erst bei vierundsiebzig Prozent.

Martin war es sehr unwohl, noch eine Woche unter diesen Bedingungen seine Leute in Gefahr zu sehen. Aber es half alles nichts, sie brauchten dringend die Rohstoffe, um ihre neue Heimatwelt zu schützen. Deswegen schickte Martin die Soldaten am nächsten Tag wieder auf den Planeten.

Die ersten Stunden verliefen gut. Dann jedoch machte ein Schürfer Probleme und einige Steuerfunktionen fielen plötzlich aus. Der anscheinend defekte Schürfer wurde auf die Freedom geholt. Martin hatte allerdings angeordnet, dass er in einem gesicherten Bereich gewartet werden sollte.

»Warum diese extreme Vorsicht?«, wollte Thomas wissen und Martin zuckte nur mit den Schultern und murmelte:

»Nenne es Vorsicht, Angst oder wie immer du möchtest, aber ich traue den Schlangen alles zu. Sogar dass sie den Schürfer manipulieren könnten.«

Martins Vorsicht zahlte sich nun aus, denn Scotty und seine Leute entdeckten mehrere Schlangen, die mit dem Schürfer transportiert worden waren. Deshalb - und um keinen Mechaniker zu gefährden - setzte man Gas ein, um die Schlangen unschädlich zu machen. Die betäubten Schlangen konnten so gefahrlos entfernt und in einem Behälter zurück auf Sirius verbracht werden.

Nach den Reparaturen der Schäden, die die Schlangen angerichtet hatten, wurde der Schürfer wieder eingesetzt. In den nächsten drei Tagen passierte nichts Neues. Die Soldaten bekämpften die angreifenden Schlangen mit ihren Flammenwerfern und die Schürfer arbeiteten auf Hochtouren. Die Menge der benötigten Rohstoffe wuchs, allerdings für Martins Geschmack noch viel zu langsam. »Noch drei Tage«, hieß nun die Prognose und in Martin kam bereits die Hoffnung auf, dass sie es schaffen konnten, da passierte es: Mitten im Camp öffnete sich im Boden ein riesiges Loch, ohne erst mal Schaden anzurichten. Allerdings füllte sich dieses Loch zusehends mit Schlangen.

Dann allerdings verdichteten sich diese Schlangen und allmählich erhob sich ein Wesen in der Form eines Menschen, das allerdings aus Tausenden von einzelnen Schlangen bestand. Dieses

Menschengebilde wuchs immer weiter und als es anscheinend fertig war, stieg es aus dem Loch, richtete sich ganz auf, erhob seine rechte Faust und ließ diese auf einen der Schürfer niedersausen. Der aus massivem Stahl erbaute Koloss hielt den Schlägen zunächst stand, dennoch nahmen einige elektronische Bauteile von dessen Steuerung diese Schläge übel und fielen nacheinander aus, sodass nach kurzer Zeit der Schürfer seine Arbeit einstellen musste. Schon wendete sich dieses Wesen - oder was auch immer es war - dem anderen Schürfer zu, da hatte Martin eine Idee und ließ sich direkt vor das Wesen projizieren und sprach dieses mithilfe eines Übersetzers direkt an.

»Hallo, könnten wir miteinander sprechen, damit wir eine Lösung finden können, damit niemand mehr sterben muss? Keine Schlange und auch kein Mensch mehr.«

Nachdem Martin geendet hatte, hielt das Schlangengebilde inne und zu Martins Überraschung antwortete es: »Was bildest du dir ein? Ihr dringt einfach in unser Territorium und tötet Hunderte meiner Artgenossen und nur um in unserem Boden zu wühlen. Und das tut ihr jetzt bereits das zweite Mal. Wenn du jetzt behauptest, dass ihr hinterher nicht mehr wiederkommen wollt, musst du verstehen, dass ich das nicht glauben kann. Verschwindet und keiner von euch muss mehr sterben.«

»Wir brauchen noch drei Tage, dann sind wir fertig hier und verschwinden für immer. Du hast mein Wort darauf. Übrigens, wart ihr es, die diesen Planeten den Katanern gestohlen habt? Als wir das letzte Mal hier waren, haben wir lediglich den Katanern geholfen, vor euch zu fliehen und für sie wichtige und heilige Dinge mitzunehmen. Weiter nichts. Das Schürfen nach Rohstoffen war nur notwendig, damit wir wieder auf unseren Planeten zurückkonnten.«

Das Schlangengebilde schien zu überlegen und sagte dann: »Drei Tage sagst du?«

»Ja, genau drei Tage und die Rohstoffe brauchen wir dieses Mal, um eine große Gefahr von unserem Heimatplaneten abzuwenden.«

»Und welche Garantien erhalten wir, dass ihr auch in drei Tagen weg seid und nie wieder zurückkehrt?«

»Garantien sind schwer, wenn mein Wort nicht reicht, aber gibt es etwas, wobei wir euch helfen könnten als eine Art Gegenleistung? Wir verfügen über außergewöhnliche Heilmethoden. Vielleicht etwas in dieser Richtung?«

»Ja, wir haben jemanden, die Hilfe braucht. Unsere Königin ist krank. Wenn ihr sie heilen könnt, dann gewähren wir euch die drei Tage, die ihr braucht.«

»Wo ist die Patientin?«

»In unserem Berg.«

»Bitte bringt sie da raus. Wir nehmen sie dann mit auf unser Raumschiff und versuchen, sie dort zu heilen. Ist das in Ordnung für euch? Ich garantiere, dass sie geheilt werden wird, wenn nur eine Chance hierzu besteht, und sie danach sofort zu euch zurückkehren wird.«

»In Ordnung, aber wehe, wenn ihr uns betrügt. Dann werden wir euer Lager überrennen und jeden darin töten. Verstanden?«

»Ja, verstanden. Aber ihr stellt eure Angriffe sofort ein.«

Das Schlangengebilde nickte, stieg wieder in das Erdloch und zerfiel in Hunderte oder Tausende von kleineren Schlangen, die danach sofort nach und nach in Erdlöchern verschwanden. Auch die anderen Schlangen, die die Soldaten in Atem gehalten hatten, zogen sich nun zurück.

Bereits wenig später bemerkten sie auf der Freedom, wie eine riesenhafte, gigantisch große Schlange von Tausenden kleinerer Schlangen, die sich unter den Laib ihrer Königin geschoben hatten, aus dem Berg getragen wurde. Dort verschwanden dann die vielen Träger und die Königin wurde sofort auf die Krankenstation verbracht. Die Untersuchung ergab, dass der Magen der Schlange stark entzündet war und wohl unsägliche Schmerzen hervorgerufen hatte. Zudem wurde noch ein großes Magengeschwür entdeckt. Nachdem man die Diagnose der Schlange über den Computer mitgeteilt hatte, wurde die Königin anästhesiert und operiert. Die OP verlief gut und der Heilcomputer bekam die Entzündung und die durch das Entfernen des Tumors entstandene Wunde schnell in den Griff. Bereits am Nachmittag desselben Tages wurde die Königin wieder geweckt. Diese streckte sich und erwartete sichtlich, dass Schmerzen auftreten würden. Als diese jedoch ausblieben, schien es fast so, als ob Dankbarkeit in den Augen der Riesenschlange zu sehen war.

Nach einer weiteren Behandlung durch den

Computer, der der Schlange noch einige fehlende Nährstoffe zuführte, sah man richtig, wie sich die Schlange wohlfühlte. Dann war es so weit und sie wurde wieder vor den Berg der Schlangen verbracht. Dort angekommen schlängelte sie sich in den Berg. Vorher hob sie den Kopf in Richtung Himmel, ohne etwas zu sehen, und verschwand danach.

Wie vereinbart blieben die nächsten Tage ruhig - trotz einer Reparatur von vier Stunden an dem Schürfer, den das Schlangengebilde so malträtiert hatte. Dort mussten einige elektronische Bauteile ersetzt werde. Die Soldaten im Camp beobachteten einige Schlangen, die das Camp permanent beobachteten.

Dann, am Ende des dritten Tages, war das Schürfen abgeschlossen und zuerst die Schürfer, danach die Palisaden und letztendlich auch die Lanzen für den Schutzschild sowie die Fuchspanzer wurden geborgen. Es blieb danach nur noch ein leerer Platz zurück. Auf der Freedom konnte man danach beobachten, wie einige Schlangen etwas in die Mitte des leeren Platzes rollten und dann wieder verschwanden. Nach einem Scan des Gegenstandes von der Freedom aus konnte man feststellen, dass das Ding absolut ungefährlich zu sein schien und man verbrachte es in einen abgeschlossenen Raum auf der Freedom. Dort stellte man fest, dass es ein handballgroßer rosafarbener Diamant war.

»War wohl ein Dankeschön der Königin für ihre Heilung«, sinnierte Martin, als er das Präsent näher begutachtete.

Solche Steine hatten sie zudem reichlich als

Abfallprodukt des Schürfens an der letzten Stelle erhalten. Martin konnte hunderte dieser Diamanten an die Wissenschaft übergeben zur Untersuchung und mit dem großen wollte er Kenan überraschen.

Der Brocken

Nach der Rückkehr der Freedom nach Terra wurde sofort begonnen, den Sprengstoff nach Tollewarts Anweisungen herzustellen und die Freedom3 mit diesem zu beladen und in dem kleinen Raumschiff eine Fernsteuerung zu installieren, damit man das Schiff auch von der Freedom aus fliegen konnte. Als alles vorbereitet und getestet war, flogen die Freedom3 und die Freedom sogleich los, dem Brocken entgegen. Diesen erreichten die beiden Raumschiff bereits nach einem Tag im Hyperlichtmodus.

Jetzt begann die heikle Mission. Zuerst wurde der Brocken gescannt und analysiert. Er enthielt einen Kern aus Granit und weichere Gesteinsschichten an der Oberfläche. Die Analysen besagten ferner, dass die Freedom3 an einer ganz bestimmten Stelle im Windschatten des Brockens landen musste, um die gewünschte Wirkung bei der Sprengung zu erzielen.

Nachdem der Plan stand, versuchte einer der besten Piloten der Menschen, die Freedom3 per Fernbedienung genau zu diesem Punkt zu fliegen und zu landen. Die ersten neun Versuche scheiterten und langsam wurde die Zeit knapp. Der Computer hatte berechnet, dass ein wirksames

Ablenken nur noch innerhalb der nächsten vierzehn Stunden möglich sein würde.

»Und wenn wir die Freedom3 einfach in den Brocken krachen lassen und dann zünden?«, schlug Martin vor, als der zwölfte Landeversuch misslang.

Die Versuche dreizehn, vierzehn und fünfzehn misslangen ebenso. Bei zwei dieser Versuche hätten sie beinahe die Freedom3 verloren. Eine Computersimulation zeigte aber, dass eine Landung zu 5,33 Prozent möglich war und deshalb analysierte der Pilot die Simulation genau, um danach den sechzehnten Versuch zu wagen. Mittlerweile war das verfügbare Zeitfenster auf nunmehr etwas weniger als zwei Stunden geschrumpft und Martin sowie alle anderen wurden langsam nervös.

Auch der Versuch siebzehn und achtzehn gingen schief.

»Das Zeitfenster schließt in 42 Minuten«, sagte ein Techniker in der Kommandozentrale. »Wir haben also vielleicht noch drei Versuche.«

»Können sie es besser?«, fragte Martin, an den Techniker gewandt.

»Ich könnte es ja mal versuchen, denn bei Computerspielen stelle ich mich auch nicht so schlecht an.«

Der aktuell laufende Versuch schlug gerade fehl, da gab der Computer plötzlich folgenden Kommentar ab: »Der Computertechniker, der gerade gesprochen hatte, hält derzeit bei dem Flugsimulator den Highscore.«

Daraufhin befahl Martin spontan: » Los, Mann! Versuchen Sie es!« Und an den Piloten gewandt, meinte er: »Sie machen jetzt eine Pause!«

Nachdem der Pilot den Platz an der Fernbedienung geräumt hatte, setzte sich dort der Techniker. Er nahm den Joystick in die Hand, setzte sich bequem hin und sah gebannt auf den Monitor, der die Freedom3 zeigte. Danach startete er seinen Versuch. Der Pilot zeigte ihm noch zwei Funktionen, die er brauchen würde, um das Raumschiff am Brocken zu verankern.

Danach flog der Techniker die Freedom3 mehrere Male um den Brocken herum, bis der Pilot auf die Computeruhr deutete und sagte: »Wir haben nur noch zwölf Minuten. Für einen zweiten Versuch fast zu wenig. Du solltest jetzt anfangen.«

»Ich muss nur etwas Gefühl für das Raumschiff bekommen. Aber jetzt geht es los.«

Der Techniker flog nun das ferngesteuerte Raumschiff hinter den Brocken, dann mit Schwung um ihn herum genau vor den Zielpunkt und setzte hart auf den Brocken auf, sodass zwei Landekufen brachen. Der Pilot griff über die Schulter des Technikers und drückte den Verankerungsknopf. Sofort schossen vier Halteseile auf den Brocken und verankerten die Freedom3 dort fest.

»Geschafft!«, schrie der Pilot.

»Das war wohl die schlechteste Landung, die ich je gesehen habe, aber erfolgreich und wir haben noch sieben Minuten Zeit, um wegzukommen und das Teil zu sprengen.«

»Navigator, auf sichere Entfernung zum Brocken gehen und den Zündcoutdown starten«, befahl nun Martin.

Sofort wendete sich die Freedom weg von dem Brocken und alle starrten auf die Uhr, die den Countdown anzeigte. Eine andere Anzeige zeigte aktuell null Grad an. Das war die Zahl, die nach der Sprengung 2,33 Grad anzeigen musste, damit Terra gerettet wäre.

»Noch zehn Sekunden«, sagte der Pilot.

»Noch fünf.«

»Vier.«

»Drei.«

»Zwei.«

»Eins.«

»Sprengung.«

Einen Herzschlag später konnten alle eine heftige Explosion beim Brocken ausmachen und der Gradanzeiger verlosch.

»Was ist passiert?«, schrie Martin und der diensthabende Offizier im Kommandozentrum klärte auf:

»Durch die Explosion war der Brocken durch die Trümmer und den Staub kurz kaum zu sehen. Das galt auch für den Computer, aber die Anzeige sollte gleich wieder zu sehen sein.«

Und richtig. Die Anzeige leuchtete auf und zeigte 1,78 Grad an.

Alle ließen bereits die Köpfe sinken, dann aber schrie der Techniker, der immer noch den Joystick fest in den Händen hielt und deutete auf die Anzeige. Dort zählte die Anzeige nun langsam hoch:

»1,92 Grad«

»1,95 Grad«

»2,01 Grad«

Und es zählte weiter, bis die Anzeige blinkte und

2,35 Grad anzeigte.

»Was bedeutet das Blinken?«, wollte nun wieder Martin wissen und der Computer antwortete dieses Mal:

»Das Objekt hat sich wieder stabilisiert und das mit einer Abweichung von 2,35 Grad zum ursprünglichen Kurs.«

Nun war nur noch Jubel in der Kommandozentrale und alle lagen sich in den Armen. Martin hatte vor lauter Freude sogar Tollewart umarmt, der neben ihm stand.

Dieser war sichtlich überrascht und sagte kalt: »Das hat niemand mehr seit etwa zweitausend Jahren gemacht. Ist aber ein schönes Gefühl und der Situation entsprechend angemessen. Terra ist nun gerettet, aber ich hätte eine Bitte an euch.«

«Was können wir für dich tun?«

»Sebastian und ich selbst sind zu unserem obersten Führer gerufen worden. Würdet ihr uns eines eurer kleineren Schwesternschiffe der Freedom für diese Reise überlassen? Wir würden dieses Schiff noch etwas modifizieren und danach losfliegen. Können wir noch so lange bei euch auf Terra bleiben?«

»Tollewart, natürlich könnt ihr bleiben, solange es euch beliebt. Zusätzlich könnt ihr auf Scotty und seine Leute zurückgreifen, falls ihr Hilfe braucht. Und natürlich auch auf unsere Herstellungsautomaten.«

Tollewart nickte dankbar und nach einem erneuten Blick auf die Gradzahl, die immer noch 2,35 Grad anzeigte, befahl Martin: »Kurs Terra, bringt uns nach Hause.«

Die Reise war glücklicherweise nur kurz und Martin freute sich sehr, seine Familie wiedersehen zu können und vor allem, sie auf einem sicheren Terra zu wissen.

Wenige Tage später fand dann das Fest der Randaner statt. Martin hatte mehrere 100-Liter-Fässer voll mit dunklem und hellem Bier bereits liefern lassen. Zudem hatten sie alle Biertische und Bierbänke, die verfügbar waren, zusammengetragen und diese waren danach von den Randanern auf deren neuen Marktplatz, den sie herrlich geschmückt hatten, aufgestellt, sodass jede Seele, die Gast des Festes war, gut sitzen konnte.

Dieses Fest war etwas ganz Besonderes, denn einmal wurde die Ankunft der Randaner und dazu noch zusätzlich die Rettung von Terra gefeiert.

Noch während des Festes flog dann der Brocken an Terra vorbei und beim Vorbeiflug vollzog sich ein großartiges Lichtspiel, da sich der Brocken für den Beobachter als Komet darstellte.

Das Bier schmeckte jedem und Randi, die bei Marina und Martin saß, meinte mit einem Lächeln: »Ihr braucht euch nicht zurückhalten mit dem Bier. Es ist genug da und in unserem Haus ist ein Gästezimmer für euch vorbereitet worden. Dort könnt ihr einmal eure männlichen Katzen bekämpfen und auch alles andere tun, nachdem euch gerade ist.« Nach ihren letzten Worten lächelte Randi vielsagend und fügte noch hinzu: »Unser Gemach und die unsere Kinder sind weit weg, also stört ihr heute Nacht niemanden. Nach dieser

Bemerkung sah Martin seine schwangere Marina lächelnd an, wohlwissend, dass nun alle hier auf Terra in Sicherheit sind. Endlich.«

ÜBER DEN AUTOR

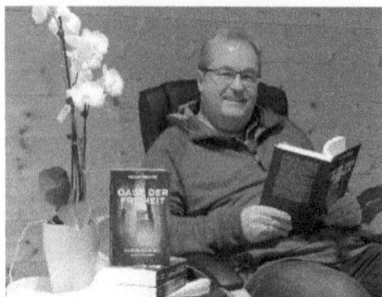

Michael Reisinger wurde am 9. Februar 1961 in München geboren. Er verlebte dort seine Schulzeit und leistete seinen Wehrdienst ab. Anschließend studierte an der bayerischen Beamtenfachhochschule sowie am Control Data Institut mit Abschluss zum Wirtschaftsinformatiker.

Sein ganzes Leben lang reifte eine Sehnsucht Romane zu schreiben. Lange Jahre ließen ein sehr bewegtes Familienleben sowie eine gut 35-jährige Tätigkeit in der IT, zumeist als Führungskraft und Manager, allerdings keine Zeit hierfür zu.

Ab Ende 2016 allerdings ist er dieser Sehnsucht zu schreiben erlegen und hat sie in die Tat umgesetzt. Heraus kamen bislang acht Romane, die allesamt auf BoD mit dem Prädikat »Bestseller« ausgezeichnet worden sind.

Mehr auf: **www.Michael-Reisinger.com**

Werkverzeichnis

Der Runenanhänger

ISBN: 978-3-95720-291-8 **eBook:** 978

Als Taschenbuch und E-Book erhältlich.

Monika, eine zweiundzwanzigjährige junge Frau lebt Anfang des 21. Jahrhunderts in München. Aus polizeilicher Sicht würde man sie als »schwierig« oder »gefährdet« einstufen. Sie bewohnt das elterliche Haus seit dem Unfalltod ihrer Eltern allein. Monika lebt ihr Leben exzessiv und hat auch bereits Berührung mit kriminellen Kreisen. Jedoch ändert sich alles in ihrem Leben, als sie einen uralten Anhänger beim Pflanzen eines Bäumchens in ihrem Garten findet.

Derzeit nur direkt über mich und meine Autorenseite www.Michael-Reisinger.com erhältlich!

Die Bayerntal Saga

Band 1 - Der Zusammenbruch

ISBN: 9 783740 7703 72 **eBook:** 978 374 070 33 18

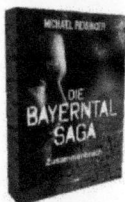

Als Taschenbuch und eBook erschienen bei **TwentySix** sowie **Amazon**

In den 30er Jahren des 21. Jahrhunderts sind die wirtschaftlich guten Jahre in Deutschland und Europa vorbei. Kriminalität und Brutalität erreichen nie gekannte Ausmaße. Das demokratische Deutschland steht kurz vor dem Zusammenbruch und das Land vor einem Bürgerkrieg. In den Wirren dieser Zeit versucht die kleine Gemeinde Bayerntal, sich zu behaupten und seine Menschlichkeit zu bewahren. Sie bauen eine Mauer um ihr Dorf. Doch nicht nur der Mauerbau stellt die Bewohner vor Herausforderungen. Neben einer komplett autarken Versorgung, die sichergestellt werden muss, wird die Führungsebene mit einem unerwarteten Ansturm an Zuzüglern sowie Angriffen von außen konfrontiert. Und dann ist da noch ein Virus, der die Menschen zu den schlimmsten Feinden ihrer eigenen Rasse macht.

Die Bayerntal Saga
Band 2 - Überleben

ISBN: 978 374 078 12 93 **eBook:** 978 374 072 30 88

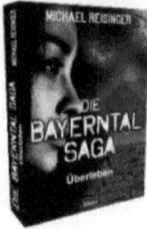

Deutschland als Staat existiert nicht mehr. Normale moderne Menschen wurden zumeist durch einen unbekannten Virus getötet oder jagen nur noch, primitiven Instinkten folgend, Nahrung und ihren Druiden und deren Ansagen hinterher.

In dieser Zeit kann sich die Gemeinde Bayerntal, welche als Schutz vor jeglichen Feinden eine Mauer um ihr Dorf herum gebaut hat und diese auch zu beschützen weiß, behaupten. Trotz aller Gefahren, die außerhalb dieser Mauer lauern, kann sie sich dennoch ihre Menschlichkeit bewahren. Nun geht durch permanente Angriffe der Infizierten deren Munitionsvorrat zur Neige.

Doch die größte Herausforderung hierbei steht noch an. Müssen sie jetzt ohne moderne Waffen gegen zwei Riesenhorden kämpfen, um zu überleben?

Die Bayerntal Saga
Band 3 – Die Reise nach Terra

ISBN: 978 374 078 15 45 **eBook:** 978 374 074 10 44

Nachdem die Bayerntaler die Auseinandersetzungen mit den beiden Riesenhorden an Infizierten gemeistert haben und mit dem entführten Druidenoberhaupt, dessen Gott Horm, einem mächtigen Außerirdischen, besucht und herausgefunden hatten, dass dieser die Bayerntaler für würdig erachtete, zu überleben. Weil die Erde in naher Zukunft durch einen anderen Planeten, der aus seiner Umlaufbahn geworfen worden war, zerstört werden wird, sammelten die Bayerntaler noch weitere Menschen auf der ganzen Erde ein und füllten sodass ihnen von dem Außerirdischen Tollewart geschenkte Raumschiff. Von diesem aus müssen die Bayerntaler mit ansehen, wie tatsächlich, die Erde von dem anderen Himmelskörper getroffen und zerstört wird. Doch dann nehmen sie in ihrem Raumschiff Fahrt auf in Richtung ihres neuen Heimatplaneten Terra. Doch werden sie die vielen Abenteuer an den vielen Haltepunktplaneten, bis sie Terra erreichen, meistern?

Das zweite Protokoll

Teil 1 - Wie alles begann

ISBN: 978 374 077 11 88 **eBook:** 978 374 070 37 90

Zu Beginn des 22. Jahrhunderts ist die Welt ein Trümmerfeld. Ein weltumspannender Dritter Weltkrieg hat Milliarden an Menschenleben gefordert und Leid und Zerstörung über den Erdball gebracht. Nach dessen Ende und noch unter dem Eindruck des Krieges wurden moderne Maschinen und Waffen geächtet und zum Schutz der Länder stehen nun einzig Schwert, Schild und Bogen zur Verfügung. In der Zeit nach diesen Regelungen des »Zweiten Protokolls« wächst Johann auf einem Bauernhof auf. Anders als sein Bruder entwickelt sich der Junge nicht zum Nachfolger seines Stiefvaters, sondern fühlt früh, dass er zum Krieger berufen ist, wie sein leiblicher Vater es war. Er trainiert seine ganze Jugend nach Vorlagen aus seinen Büchern und schon bald stellen sich erste Erfolge seiner Beharrlichkeit ein. Als er erwachsen ist, macht er schnell Karriere beim Militär.

Doch wird das »Zweite Protokoll« Bestand haben? Kann Johann die Herausforderungen meistern, die sich ihm nicht nur im Kampf, sondern auch in der Liebe stellen?

Das zweite Protokoll
Invasion

ISBN: 978-3-740-787165 **eBook:** 978-3-740-798277

Im 22. Jahrhundert ist ein dritter Weltkrieg vorüber, der viel Leid über alle Menschen gebracht hat. Diese Gräuel vor Augen, haben die Menschen alle modernen Gerätschaften, die sich für eine Kriegsführung eignen könnten, geächtet und dies in einem Zweiten Protokoll neben einem eigentlichen Friedensvertrag dokumentiert. Es ist den Ländern von nun an nur noch gestattet, ihre Territorien mit Armeen nach dem Vorbild der Legionen Roms zu Zeiten der Antike zu schützen.

Johann Burg, General einer neuen deutschen Armee und Befehlshaber von drei Legionen, hat erst kürzlich seine Frau und große Liebe Selina verloren. Die Trauer um sie stürzt den Helden vieler Schlachten der deutschen Armee in eine tiefe Krise. Doch neue Gefahren drohen im Norden Deutschlands und Johann wird hierfür in Bestform gebraucht, damit Deutschland bestehen kann.

52 Grad Celsius

ISBN: 9 783740 787165 eBook: 9 783740 978277

Das Wetter in Deutschland und in ganz Europa hat sich verändert. Extremwetter sind nun an der Tagesordnung und suchen alle Teile Deutschlands heim.
Vier Familien aus unterschiedlichen Gegenden werden von solchen Wetterunbilden heimgesucht und verlieren größtenteils ihr Heim. Durch Zufall und ihre Liebe zu Hunden finden sie allerdings zueinander und schließen sich zu einer eingeschworenen Gemeinschaft zusammen. In einem kleinen Tal in den Bergen finden sie Sicherheit und Schutz. Allerdings sind auch andere auf einer solchen Suche und deren Methoden sind nicht sehr friedlich. Dies spüren die Familien schon sehr bald.

18 Tage

ISBN: 978-374 070 77 29 **eBook:** 978-374-070 50 53

Lando, ein Student, der mit Leidenschaft mit seinem Metalldetektor nach verschollenen metallisches Gegenständen sucht, findet bei einem seiner Streifzüge eine altertümliche Axt. Nachdem er das Metall berührt hatte, wacht er am nächsten Tag auf und nichts ist mehr so, wie es vorher war. Lando befindet sich inmitten einer unbekannten Landschaft und Kultur wieder. Und nicht nur das: Es scheint so, als wäre er im 5. Jahrhundert a.D. gelandet und hat sich selbst auch verändert. Nachdem er merkt, dass es kein Traum ist, begegnet er dem Volk der Tenkterer, die in ihm ihre alte prophezeite Legende sehen und dort trifft er auf Herausforderungen und begegnet auch der Liebe zu einer Frau, die geschworen hat, nie wieder einen Mann in ihr Leben zu lassen. Immer wieder scheinen die magischen Runen auf seiner Axt seinen Weg zu bestimmen, bis es zu einem alles entscheidenden Kampf kommt.

Vorschau

Mein nächstes Projekt wird den Titel ‚Web-War'
tragen.

Hierbei wird es um einen Krieg im Netz und deren
Folgen gehen.

Erscheinung voraussichtlich in 2025

Milton Keynes UK
Ingram Content Group UK Ltd.
UKHW041831201024
449814UK00004B/315

9 783759 786012